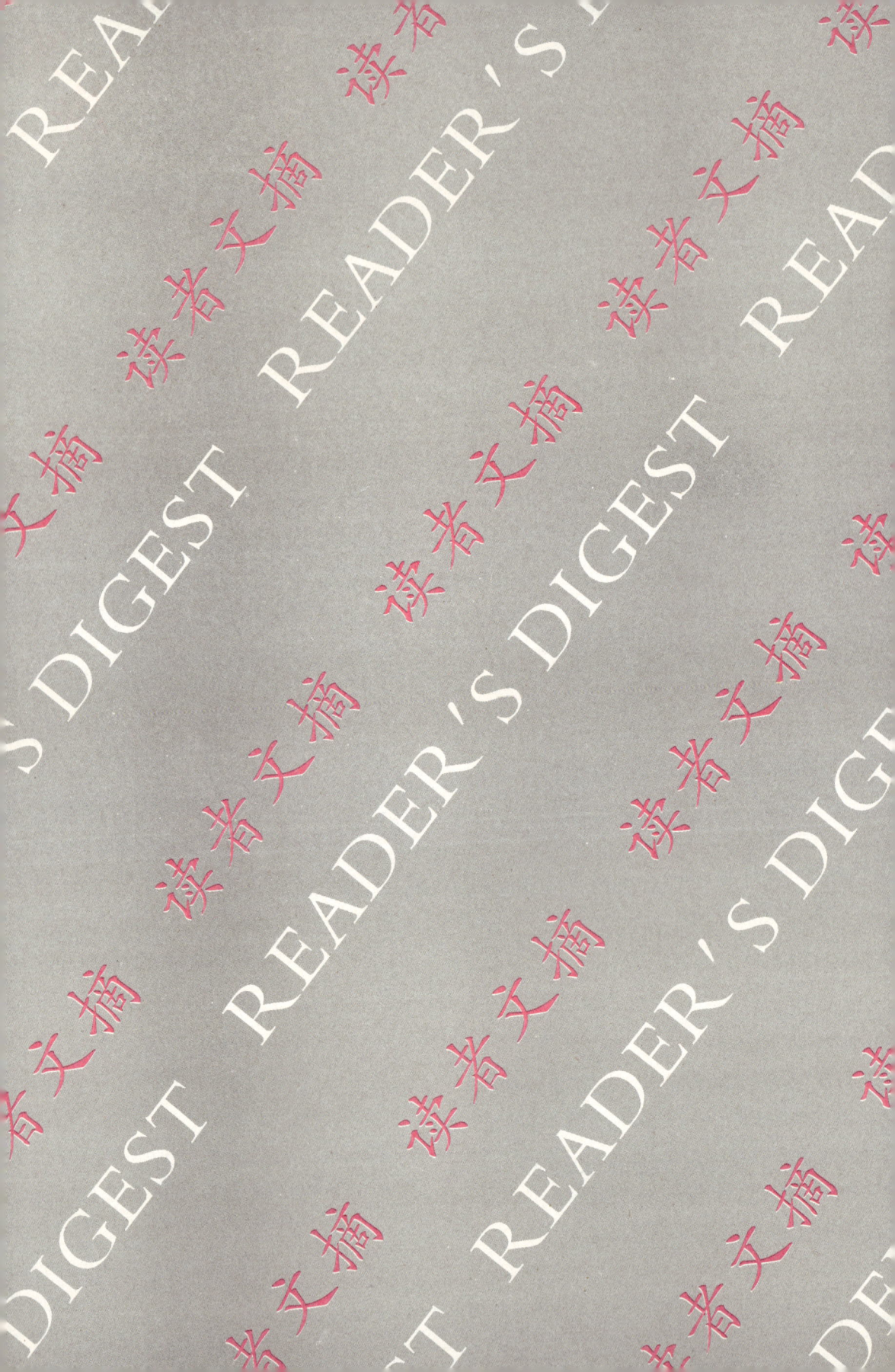

读者
Reader's
Digest
文摘

（心灵篇）

Xinling Pian

佳作评选
精华版

成功没有彩排的机会，每一天都要以正式上场的姿态面对。琐碎的光阴，庸常的日子，读一篇读者文摘，为疲倦的身心注入新的活力。《读者文摘》好运将一路相随！

阅读一篇篇美文，感悟一颗颗心灵，享受一次又一次精神的盛宴。

给心灵通通风

Gei Xinling Tongtongfeng

吴万夫/著

中央编译出版社
Central Compilation & Translation Press

图书在版编目(CIP)数据

给心灵通通风 / 吴万夫著. -- 北京：中央编译出
版社, 2014.2
(读者文摘)
ISBN 978-7-5117-1895-2

Ⅰ. ①给… Ⅱ. ①吴… Ⅲ. ①散文集–中国–当代
Ⅳ. ①I267

中国版本图书馆 CIP 数据核字(2013)第 274903 号

给心灵通通风

出 版 人	刘明清
排版制作	腾飞文化
责任编辑	邓永标　余海伦
责任印制	尹　珺
出版发行	中央编译出版社
地　　址	北京西城区车公庄大街乙 5 号鸿儒大厦 B 座(100044)
电　　话	(010)52612345(总编室)　　(010)52612371(编辑部)
	(010)66161011(团购部)　　(010)52612332(网络销售部)
	(010)66130345(发行部)　　(010)66509618(读者服务部)
网　　址	www.cctphome.com
经　　销	全国新华书店
印　　刷	北京盛兰兄弟印刷装订有限公司
开　　本	710×1000 毫米　1/16
字　　数	180 千字
印　　张	14
版　　次	2015 年 5 月第 1 版第 2 次
定　　价	28.00 元

本社常年法律顾问:北京市吴栾赵阎律师事务所律师　闫军　梁勤
凡有印刷质量问题,本社负责调换。电话:(010)66509618

目录
Contents

Contents

目录
Contents

第四辑　形象的力量

Contents

向着梦的地方去

梦是一片青草地，而我们就是守望青草的可爱的驴子。假若没有青草，我们该怎样生活下去呵！

泪光中的微笑

为了这个家，父亲犹如一盏灯，总是想方设法照亮我们每一个人，却暗淡了自己。我们都担心某一天，父亲会被熬得灯枯油竭，我们就会在黑暗中迷失了方向。

　　30 年前，也就是在我七八岁时，我患了一场奇怪的病：能吃干的，却不能吃稀的，只要一喝稀粥就呕吐。这对于家庭极度贫穷的我们来说，实在不是一件小事情。

　　那时，我家兄弟姐妹七八个，劳力又不足，每到年末算账，我们家里都是"倒打款"，挣得的工分，分得的粮食，常常是不够吃不够喝，青黄不接。因为家庭的贫穷，我们十天半月都吃不到一顿干饭。每次喝的粥，能当镜子照人，半天都捞不到一颗米粒。父亲作为家庭的主力，所有的苦活累活全由他一人担当，但他仍与我们同甘共苦，很少有"开小灶"的时候，更别说特殊对待——吃干饭了。然而那时，我却真真切切地患了一种奇怪的"富贵病"，这令全家人都感到匪夷所思。母亲每次做饭也特别棘手，每次母亲都要将锅烧得火热，用筷子蘸一点油星子，沿锅走一圈，再摊上面糊，单独为我做一锅面饼。有时实在没有米面了，就让姐弟们端着升子，到邻家四处讨借。这样的日子持续了一段时间，我的病竟然奇迹般地好了。我们全家人都不知道我究竟患的是什么病。后来直至上了卫校，我也没有搞明白童年的那场病因——我姑且称之为"粮食综合征"吧。

　　我一直为童年的那场"特殊化"而感到羞愧难当。

或许是因为生活负担繁重的缘由，父亲仿佛成了一位高明的魔术师，在他的胸腔里，总是有发不完的火。逢年过节，是别人家孩子的天堂，却成了我们兄弟几个的地狱。每到节日，都成了我们的"怄气日"。因为没钱，父亲挪向镇子的步子格外慢，磨磨蹭蹭，回来得也就格外晚。父亲每每只捎回几斤萝卜，或一小捆白菜，或两三斤水豆腐，有时充其量只买回一条鱼——这，就算是我们节日的犒劳品了。饭菜做好了，我们都不忍心"中饱私囊"，都希望把这难得的"珍馐佳肴"让父亲多品尝一些。

为了这个家，父亲犹如一盏灯，总是想方设法照亮我们每一个人，却暗淡了自己。我们都担心某一天，父亲会被熬得灯枯油竭，我们就会在黑暗中迷失了方向。因此，每逢节日来临，改善生活，我们总是想方设法尽量让父亲多吃一些，希望多给他的"灯盏"里加加油。而父亲呢，总是舍不得动筷子，不断地推让给我们吃，结果一盆菜，在我们兄弟间完好无损地"旅行"一圈后，又"完璧归赵"到父亲面前。几个"回合"下来，脾气乖张的父亲便不耐烦了，暴跳如雷："你们不吃是吧？我倒进猪槽里喂猪！"父亲说着，便真的将一盆热气腾腾的菜，气势汹汹地泼进猪食盆里！

那一顿饭，我们都吃得索然无味，不欢而散。我们害怕每一个节日的到来，却又在寒风凛冽的日子里体会别样的温情。

父亲没有过一个安顿的日子。为了支撑这个家，父亲做过篾匠活儿，养过豆芽儿，锻过磨，做过挂面……父亲头脑活络，凡是能挣钱养家糊口的手艺，没有难住父亲的。父亲做的篾活儿，结实耐用，满条街上无人能比；父亲养的豆芽儿，白白胖胖，水灵脆嫩；父亲锻的磨，有棱有角，堪称艺术品，能多出面粉；父亲做的挂面，白细匀称，经煮耐嚼，筋道可口……

但"百艺在身"的父亲，并没有因此改变家庭现状。俗话说，"穷人气多"。在我的记忆中，父亲时常为了鸡毛蒜皮的小事大动肝火，吆吆嚷嚷，没完没了。父亲每次都以大同小异的方式作为"故事"的结局：要么找绳子骑树上吊；要么担起货郎挑子或补锅担子四处游村串乡。当然，父亲每次寻死觅活，都没有完成"大业"——有我们兄弟寸步不离左右，即

使父亲找到绳子，我们又岂能眼睁睁地让他上吊呢？父亲每次赌气出门时，都要甩下一句"永不回来"或"死在外面心静"的硬气话，但过不了多久，又不请自回出现在家中。

父亲每次都会为自己"活着回来"找到不同的理由：或是放心不下双目失明的母亲；或是舍不得尚未立世的儿女。最玄的一次，父亲说他在小河边放下补锅担子准备洗脸，这时忽然吹过来一股风，将他的草帽吹落河里，他知道是老先人显灵了，要请他回家呢，于是不敢违背先人指点，立即挑起补锅担子匆匆赶回。父亲说这番话时，脸上涂抹着对我们的无限眷恋和慈爱。我们兄弟的脸上也悬挂着惊诧而释然的欢喜。

贫穷让我们在泪光中学会微笑，在苦痛中感受欢乐。

那时，信息不如现在这么灵通。我们家里没有电视机，也没有收音机，天气预报全凭肉眼观察或是对节令的经验判断。做挂面是一件很辛苦的活儿，起五更，摸半夜，与天气紧密关联。遇到天气晴朗时，一天下来还能有个几斤面的赚头；如遇突然变天，盘在筷子上的挂面，就会流下来，几天辛苦赚来的，就会一下子全赔了。因此，我的父亲，对天气预报也就格外重视，每天临睡前，都要亲自观察一下天气情况。父亲主要根据风云、星月等对天气进行研判。风轻云淡、月朗星稀的夜晚，第二天一般会是个好天气。父亲头天晚上观罢天气，第二天还要再"验明正身"一番。如遇模棱两可、拿不准时，父亲会反复出门察看，犹犹豫豫盘算着今天是否和面。当然，父亲有时也让我们兄弟几个"越俎代庖"察看天气。我们兄弟几个夜半"起夜"，都充当过父亲的"观察哨"。劳心劳力的父亲有时为了省心，就索性躺在床上"遥控指挥"，问天上是否有星星。起夜的人都会如实回答"有"或"没有"。有星星，父亲就起床和面；没星星，父亲就再三权衡是否取消当天的"行程"。我们兄弟都成了"会数星星的孩子"。

但"不听调遣"的三哥，那天半夜却和父亲开了一个不大不小的玩笑。当父亲问起夜的三哥天上是不是有星星时，睡眼惺忪的三哥连头都没抬，懵懵懂懂随口答道："星星在天上！"三哥说着，自顾自钻进被窝睡觉去了。父亲起来不待"考证"，兀自和了一大盆面。结果可想而知，那天是个阴雨天，父亲和的三四十斤面全部"泡汤"了！为此，父亲对三哥破口大骂，按照父亲的逻辑，那天没有星星，三哥却说"星星在天上"，就是"谎报军情"，就应该承担直接责任；而三哥的说法是，父亲问的是"天上是不是有星星"，而不是问天气，星星当然在天上，他的回答自然不会有错。

关于"星星事件"，很长时间都成为我们兄弟之间的笑谈。

如今父亲过世几年了，我也通过自己的努力，来到省城一家文化单位做了一名编辑。我不仅拥有了手机、电视机、电脑等一系列高科技产品，而且成为我们县里近年来第一个加入中国作家协会的人，彻底改变了上几代人是文盲的历史。如果不是改革开放，我不可能由一个农民的儿子，一步步走向省城，并在省会城市安家落户，过着与以往天壤之别的生活。三十年里，我的人生变化，就是改革开放的真实体现与诠释，是时代的进步，更是文明的象征。想起童年往事，不禁感慨万千。每每忆及，我们兄弟几人都会笑出泪来……

坚其志，苦其心，劳其力，事无大小，必有所成。

——（清）曾国藩

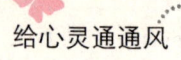

塑造父亲

如今，父亲苍老了，苍老得像一口锈迹斑驳的钟鼎，敲打不出悦耳的声音；苍老得又宛若一柄驽钝的犁铧，犁不进岁月的纵深。父亲变成了一个和善可爱的小老头儿，全然没有昔日的锋利。

在我童年记忆的深井里，父亲一直是个天不怕地不怕的角色。父亲耿直暴躁，常爱出风头。为了村邻，为了集体，他可以路见不平，两肋插刀，与人大动干戈。

有一年，生产队长为了揩社员的"油水"，在一个漆黑的夜晚，带人闯进会计的家里，欲强夺账本，谋取会计职位。那年月，掌管弹丸之地的队长，亦有呼风唤雨的权力，可谓翻手为云，覆手为雨。父亲闻讯后，硬是组织人马前去拦截。于是大打出手。那时我还少不更事，只懵懂记得那夜下着瓢泼大雨，父亲吆三喝五，许褚赤膊上阵般，冲进雨阵。父亲硬是粉碎了生产队长的阴谋！

还有一次，生产队长为了报复，几个奶崽的妇女本来上工迟到 3 分钟，生产队长硬是扣她们一天的工分。父亲要替她们讨个公道，可是生产队长充耳不闻，不依不饶。父亲便火了，红着眼，咆哮一声，扛着犁秧耙子，追得生产队长在村里跑了 3 圈。吓得生产队长的妈替队长连喊了几晚的魂儿！

父亲在全公社是出了名的"吴老硬"。但我却觉得父亲有时"硬"得乖戾，不近人情。

那时节，我的家道真可谓黄楝拌苦参，又苦又寒。我们哥弟姐妹七八个，像马路上遗下的一排溜驴粪蛋子般，全是肩挨肩儿大。母亲更是悲苦，在娘家十余岁时，就让剪刀挑瞎了右眼，由于缺钱医治，左眼很快因流泪太多也失明了。这对于母亲是痛苦的，对于父亲更是苦痛。

父亲每天烦闷不堪。尽管他像一只永不停歇的老鸹，每日从南畈到北畈，往来穿梭，但衔来的粮食却不够填我们哥弟几个窑洞一般大的嘴巴。父亲黄汗黑流地挣工分，到头来还得向外打款。没到青黄不接的日子，就得借东家讨西家，烧锅无米下。

在我的记忆里，父亲稍不如意，就爱摔盆子摜碗子，总有发不完的火。父亲一发火，我们哥弟几个就七魂出窍，噤若寒蝉，躲在门旯旮里。

那时无论哥哥还是弟弟，我们都惧怕父亲。平素我们连稀饭都喝不匀溜，更甭说吃一顿干饭了。有时左右邻居的婶娘们便送一碗干饭让父亲吃，可父亲总是要我们哥弟几个分吃。穷人的孩子早当家。我们那时虽小小年纪，但却已是早熟了，瞅着瘦削的父亲还要挑起家庭的大梁，于是一碗干饭像陀螺一样，无论转到哪个哥哥或弟弟的面前，都没有人动一筷子。尽管我们瞄着干饭，眼馋得喉结上下骨骨碌碌滚动，但我们还是让一碗饭"完璧归赵"，最后又旅行到父亲面前。于是父亲便火了，破口大骂，气势汹汹地把一碗饭泼到猪槽里喂猪。干饭谁也没吃成，还引来一场"悲剧"！我们的心头，酸酸的，戚戚的，都想哭。

俗话说：大人望种田，小孩盼过年。但在童年的记忆里，逢年过节是别家孩子的天堂，却成了我们的地狱。每到节日，别人家喜气洋洋，我们家却郁郁长叹。这个时节，便是我们家怄气的日子。平素没吃过豆腐，这时无论如何，父亲也要想方设法从集上斫回一斤肉或买回两尾鱼。但吃饭的时候，全家人又故"伎"重演，推来拒去。于是父亲又把好端端的鱼或肉，泼进猪槽。多少年来，我们一直没有过个安顿喜庆的节日。每当节日来临，母亲和我们都成了惊弓之鸟，惶惶不安。

父亲的举措，使我童年的天空失去阳光和小鸟的啁啾。我们少有欢笑。就连挨打也不允许哭，被父亲逼着端碗吃饭，"麻木不仁"时，便有大颗大颗的泪珠子，滚汤圆般，啪嗒啪嗒砸落碗里。多少年来，我养成了皱眉头的习惯，以致我又把这个习惯遗传给可爱的女儿。

如今，父亲苍老了，苍老得像一口锈迹斑驳的钟鼎，敲打不出悦耳的声音；苍老得又宛若一柄驽钝的犁铧，犁不进岁月的纵深。父亲变成了一个和善可爱的小老头儿，全然没有昔日的锋利。父亲为了给我们哥弟六个成家立业，已被生活压弯了腰，毫无脾气可言。父亲原指望子女们长大，会给他带来天伦之乐，可是到头来还处在一种自劳自吃的情境中。哥弟们大了，都不再畏惧父亲。他们都把造成自己苦难身世的原因归咎到父亲头上。他们敢和父亲顶嘴，有时还吵得不可开交。开始父亲还要大发"余威"，可是时间一长，他再也没有这份气力。有一次，因为没钱交书杂费，六弟被迫停学回家。不懂事的六弟便和父亲赌气。父亲拾起笤帚就要追打六弟，可是跑了几条田埂远都没追上，还把父亲累得跌坐在那儿，呼哧呼哧喘大气。六弟便站在田埂的另一头，故意对父亲来个"三气周瑜"："来呀，大！你来追打呀！你咋不来呵？没有熊本事，还要喂养我们几个！还要供我们上学，又不给钱！"

父亲垂头丧气地回了家，没再搭理六弟。我从父亲的身上读到一种无可奈何的默认。

后来，不争气的几个哥嫂，车轮战般轮番和父亲吵嘴，父亲变得越发憔悴不堪，郁郁寡欢。往昔的父亲如今已被我们哥弟妯娌们磨砺得没棱没角，在我们面前都不敢大声说一句话。因分债的事，丧失伦理的三哥三嫂，还几次和父亲大吵大闹，有一次居然把父亲打得头破血流。心灰意冷的父亲哽咽无语，执意要去状告三哥。连村里人也说，三哥这回蹲大牢是确定无疑了。可是经过族人和我的劝说，父亲竟立时原谅了跪在地上号啕恸哭的三哥！为了儿子，父亲可以在一瞬间忘记一切荣辱际遇，冷暖辛酸。

　　岁月塑造父亲的年轮。

　　我们塑造父亲的性格。

　　塑造父亲，是父辈抚爱后代的最大付出。

胜利者往往是从坚持最后五分钟的时间中得来成功。

——牛顿

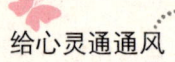
我欠母亲一顿揍

那次母亲生气了，便狠着心拖根竹竿抽打我们。但我们哥弟几个还是欺负母亲双目失明，当母亲的竹竿还未举起，我们早已"轰"的一声作麻雀状四处窜逃个干净！母亲气愤至极。我们哥弟几个却觍着脸皮拍手嬉笑。

　　我的母亲是位双目失明的残疾人。

　　据说在她 12 岁的时候，因为做秋秸锅盖，被剪刀挑瞎了右眼。由于没钱医治，长期流泪，与右眼视神经相连的左眼，很快也萎缩失明了。

　　但我的母亲，却以顽强的毅力生活了下去！我敬爱我的母亲。我叹服她不可湮灭的生命张力。我感慨她能把希望之火燃烧下去！哪怕亿万斯年，我都会把母亲当成一个楷模，使我信心倍至地去披荆斩棘，矻矻踏上我的人生之路。

　　很小的时候，我就觉得母亲很了不起。她能摸着纺线织布。她能摸着把我们哥弟姐妹七八个拉扯成人。她能摸着给我们补缀衣裳。她能摸着做一些姐姐嫂嫂们无法做的针线活儿。

　　但垂髫时期，我却做了一件至今都追悔莫及的事。

　　我们哥弟姐妹七八个一旦离开了脾气火爆的父亲，就成了"山上无老虎，猴子称霸王"。我们常常为争吃一粒火炸黄豆，打成一团。甚至把父亲咬牙买回来的唯一火炉子踢打个粉碎。平素，善良的母亲总是舍不得打我们。母亲的姑息，越发使我们放肆。那次母亲生气了，便狠着心拖根竹竿抽打我们。但我们哥弟几个还欺负母亲双目失明，当母亲的竹竿还未举起，我们早已"轰"的一声作麻雀状四处窜逃个干净！母亲气愤至极。我们哥弟几个却觍着脸皮拍手嘻笑。

那天我们躲避了母亲的竹竿。母亲却像没事人一样，干活时照样吆我们干活，吃饭时照样喊我们吃饭，似乎比以前更"友好"了些。这下，我的哥哥弟弟都放松了警戒，以为那件事早已云消雾散。个个吃饭时像挨饿的猪，拼命地挤，使劲地盛。我却在这"和平"的气氛中闻出了一股子呛人的火药味。吃了晚饭，哥哥弟弟们又猪一样挤在床上，你踢我，我揪你，打打闹闹，搅成一团。我却躺在床上丝毫不敢动弹。那时，在我小小的心灵里，似乎就有了一种预感的说法。果然，等哥哥弟弟们疯累了，个个酣然入梦的时候，母亲摸索到我们床前。正在熟睡的哥弟们做梦也没想到，此时母亲会来拧他们的耳朵！其实母亲只是想唬唬我们，"教训教训"我们这群"不法分子"。哥弟们却个个龇牙咧嘴，表现很难受的样子。

那夜，我凭着聪明侥幸逃开母亲的一顿"皮肉之苦"。我立在床头的旮旯里，大气不敢出一下，几乎窒息了过去，母亲左右摸不见我，便扛来竹竿在床头乱敲。眼看敲住了，情急中，我伸手抓住了母亲的竹竿。不懂事的童年，委实使我多少年后负疚不安。那夜，我抓住了母亲的竹竿，像一头被惹激的豹子，竟冲母亲凶凶地顶撞一句："你眼睛瞎了，还这样坏！白天打不着人，就趁夜晚偷袭，羞不羞哇你！"

母亲听到这里，竟"哇"的一声扔下竹竿，啜泣起来。我也一头扎进母亲的怀里，哭了起来。

我从母亲嘤嘤的哭声中读到了什么叫艰难，什么叫痛苦。只是母亲一直把这痛苦蚕茧样层层包裹起来，没有一一展示给我们看。只有美酒让我们共同品尝，不幸只让她一人担当。

从那以后，母亲再没有打我骂我。母亲总是坚信我的聪明伶俐。直到今天，我拿起笔，成为祖宗几代唯一能用笔写文章赚钱的小小业余作者时，母亲还在夸我童年的与众不同。母亲常说，童年的那一顿打，只有你逃了。

母亲说这话时，我只觉得心里一阵酸溜溜的。挨打本是痛苦的，但母

亲打我的意义不同一般。我知道，打与被打，于双方都不是一件愉快的事情。但母亲是残疾人，她想做的唯一小事却没做成，在我看来，这是不是对她老人家心灵的一种挫伤呢（我清楚：母亲当时要打我们，并非带着一种刻骨仇恨，只是一时气愤而已）。

若干年后，我一直想让母亲对我一顿狠揍，以弥补童年的那一顿。但母亲从没点我一指头。八岁那年我懂事了，九岁那年我学会皱眉头思考问题。我上了小学进初中，读完初中又进高中，迈出校门，踏上社会，成家立业，娶妻生子，自然更懂得亲情关系，母子缘分。我尊敬母亲，自然不会再惹母亲怄气伤心。母亲更不会无缘无故再揍我一顿。

我一直找不到弥补童年那一顿揍的机会。

我只觉得母亲好可怜。

多少年来，我的脑海里总是浮现几年前那次笔会的场面。当《诗刊》社老诗人雷霆向我们朗读"人前也笑过了，人后也哭过了，可磨道似的日子还得走下去"的诗句时，我禁不住热泪盈眶，哭了起来。

我突然觉得母亲的人生就是磨道似的人生。在这磨道似的日子里，母亲用她残疾的眼睛分分秒秒计量着艰难，但她却走了一年又一年！

母亲给我树立了生活的信心。母亲教我百倍珍惜透明的光阴。

我唯一遗憾的是，童年那一顿没让母亲揍成。

有志者事竟成，破釜沉舟百二秦关终属楚。苦心人天不负，卧薪尝胆三千越甲可吞吴。

——（清）蒲松龄

想起儿时看电影

又一次，我翻过墙头，脚跟刚刚落地，就被巡逻人员当场抓获。他们揪住我的脖领，像提小鸡一样，把我拎进放映室，然后"扑通"一声把我扔到木地板上，让我跪着。

小时候，我一直是个电影迷。

那时，电影下乡，一个村一个村轮着放映，今夜在这个村，明日在那个庄。那时只要一听说某村演电影，我们就高兴得一蹦三尺高，奔走相告。这一天干活也就格外心不在焉，巴巴地盼望天快些黑，夜幕早些降临。日头悬挂很高的时候，我们就把啃草兴趣正浓的老牛拉回家拴在树上，到捣衣石上洗净沾满泥巴的脚丫子，连饭都没心思吃，就想尽快去看电影。

可是临去看电影的时候，哥哥姐姐们总是极不情愿带领我去。他们总是嫌我累赘，吓唬我，呵斥我，让我在家里待着。有时实在被纠缠不过，就想方设法哄骗，最后乘我不备溜之大吉。这时的我只好一个人"孤军奋战"，独自跑去。那时村里该去看电影的人都走了。我一个人跑在黑咕隆咚的大路上，跌跌撞撞，呼呼大喘着粗气，田塍上每一只青蛙跃入水中的声响，都吓得我头皮直炸，汗毛排队，浑身起鸡皮疙瘩，似乎自己掉进黑夜的坟墓中去了。

最骇人的是有时电影散场。由于人多冲撞，我突然与本队的人失去了联系，本来我们村子在南，可我却偏偏顺着大路往北猛追。跑着，跑着，发现人越来越少，这才知道犯了南辕北辙的错误，忙又掉转头，一路呼喊，一路追撵。

那时，我对看电影确实情有独钟。《沙家浜》《渡江侦察记》《地道战》

《地雷战》《南征北战》……翻来覆去演，我仍然跟在放映队的后面，百看不厌。无论刮风下雨，天阴天晴，只要有电影，我非去不可。那时家穷，没有靴子，我就趿着布鞋去，电影还没开场，我的双脚早就冻麻木了。

后来电影不再下乡，我依然戒不掉看电影的"毛病"。适逢村里有人去乡电影院看电影，我也跟了去。有时不掏钱夹在人缝里侥幸混进去，更多的时候是我攀上电影院的墙头翻进去。那是一道高高的石头院墙，墙头上扎有锋利的玻璃碴子。

记得有一次，我刚攀上院墙，就被人发现了，情急中，我不顾一切纵身跃下，不想，五根手指被划开五道深深的口子，鲜血淋漓，汩汩冒泡，露出白喳喳的骨头，至今回想起来，仍叫我后怕。

即使这样，我依然"贼心"不死，照旧翻墙而过，对看电影的兴趣有增无减。

又一次，我翻过墙头，脚跟刚刚落地，就被巡逻人员当场抓获。他们揪住我的脖领，像提小鸡一样，把我拎进放映室，然后"扑通"一声把我扔到木地板上，让我跪着。童年的我，一个老实巴交的农村孩子，根本不知道他们要将我如

何处置。或许缘于那个小屋又黑又暗，天气又太炎热，我的身上早已是汗水溻溻。但他们只顾各行其是，对我根本不闻不问。敦厚而又不失狡黠的我，一边啜泣，一边清醒意识到他们是不会轻易放我走的。因为翻墙一直是使他们很气恼的事。后来我心生一个计策："呀"的一声怪叫，猝然佯装扑倒在地。在我倒地的当儿，听到有人说："哦！这孩子晕厥了，快放他出去算了！"于是他们当中，有的喊，有的叫，把我弄"醒"，搀扶了出来。等他们刚蹩转身，我已撒开脚丫子飞跑而去。

后来我一想起这件事就感到羞愧难当。昔日捉拿我"归案"的那个放

映员，我们时常在镇上碰面。我不知他是否还记得童年的我，反正我一见着他，总有一种不好意思的感觉。

多少年来，我一直想拿着钱，再大摇大摆地进电影院看一场电影。但电影院早就关门了，由于电视的普及，人们根本不愿再掏钱坐进电影院里。电影院成了很萧条的地方，后来索性改成大礼堂，变成专供开会用的场所。

想起儿时看电影，真是一首耐人回味的歌。

我们关心的，不是你是否失败了，而是你对失败能否无怨。

——林肯

人在屋檐下

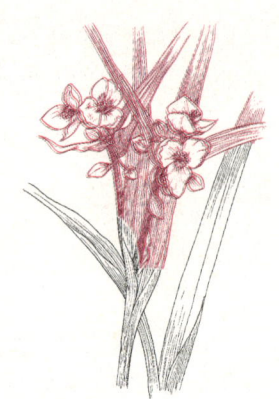

潮涨潮落，我的生活确实没个平静的日子。道路坎坷，反反复复，曲曲折折。但越发坚定我走下去的勇气。我知道人生的社会价值在于不断进取，对美好未来的憧憬在于孜孜拼搏。我相信，阴霾过后，春光明媚；风雨过后，山色旖旎。

人在屋檐下，自然矮三分。

1991 年 11 月份，我携妻离开一贫如洗的老家，到孙铺小镇上租赁房屋开办门诊。

那时，我刚从卫校毕业，从学校踏上社会，时程非常简短。初涉世事，一介书生意气未脱，小镇的人们总和我融合不到一块。艰难与痛苦，总是芝麻开花般节节生长在我的心灵里，小小年纪，我备尝艰辛，历经磨难，创业之难，难于上青天……

因为贫穷，人们鄙视我；因为困顿，房东小觑我。我时常暗自叹息，扪心抚慰，忍气吞声，告诫自己"温良恭俭让"。我记得有一句诗是"手把痛苦往肉里抠"。我希望自己也时常保持这种精神。

但无论我怎样努力，小镇人们眼睛的余光里，对我总流露着"排斥"。这可能就是所谓的世俗：人捧有钱汉，狗咬破衣人。当然，我说这么尖刻的话，并非有意亵渎，而是这样的人在生活中无处不有，处处存在。

俗话说，姜还是老的辣。正因为有了这句约定俗成的话，才使我生活的路途上重重设置障碍，处处布满荆棘。我只觉得自己站在小镇的同行间，就像一头小鹿子误闯威虎山！同行的老医生，总是给我穿小鞋，百般刁难。他们在患者面前说我的坏话，捣我的鬼，样子极尽丑陋。可见，我这个"毛头小子"，要想在小镇上"打天下"，搞事业，绝非易事！更有甚者，竟然有医生恶语中伤我卖的是假药！我问何为假药，答曰：能捏碎了就是假药！我说：药又不是石头做的，哪有捏不碎的理儿！结果理论未完，对方的老婆就作一声"河东狮子吼"，冲进屋，撕了我的蚊帐，扯了我的帘子，踢翻了饭锅，砸碎了瓶子。在那场"暴乱"中，观者如堵，却没有一位拉劝的人。人们交头接耳，议论纷纷。只因我是个"外来户"，甚至有的人还"大义凛然"指责我的"不是"。我第一次尝到创业的艰难，尝到人在屋檐下的悲哀；我第一次感到贫穷的困苦，立家的辛酸！

没有钱，分文憋死英雄汉；没有钱，等于巧妇难为无米之炊。"孔方兄"这个东西，既好又孬。好在它是一种动力，推动我们去拼搏去发展；孬在它使有些人拿它为度量衡，作为评价我们高低的标准。

那一年，是我人生灾难的"浩劫"年。先是人们歧视，处处排挤我，后来我又大病了几场。那一年，我精神的大厦几乎訇然坍塌！光膀胱结石就使我疼痛欲绝！为了取得患者的信赖，积极为患者服务，我白天黑夜都忙着应诊出诊，而自己的病却丝毫顾及不上！后来小便尿血，倒在床上剧痛无比，翻腾不已，实在不行了，才下决心到郑州治疗。可是这需要一千多元钱，对于因分家负债累累的我，上哪儿去筹备这笔钱呢？贷款，没有熟人。外借，人家又怕还不上。平素认为关系不错的人，这下却连半分钱也不愿借。

从郑州治病回来，我拼命读书，奋发图强。我潜心医学，是为使医术更加精湛；我钻研文学，是为写下我的喜怒哀乐。遇上出诊，无论三更半夜，冬冷夏热，风里来，雨里去，别的医生嫌远怕累，我从不喊冤叫屈，急病人所急，想患者所想。

精诚所至，金石为开，苦心人，天不负。不到一年工夫，小镇及附近村庄的人们，渐渐对我产生了信赖。我以合理的药品价格，热情周到的服务，受到了患者的拥戴！那一年，小镇终有我的立足之地！那一年，我的文学创作也喜获丰收，先后在全国各地报刊杂志发表各类文学作品，刊登在《百花园》杂志上的小说《阿香》，还被郑州电视台拍摄成电视剧。

但就在我的医学与文学蒸蒸日上之际，好事多磨接踵而来。

生活往往就是这样：当你失魂落魄的时候，有人看不起你；当你春风得意的时候，却又有人嫉妒你。

这一年，我门诊的生意刚刚打开局面，糊口的米粒刚刚遮住饭碗，就有人眼红了，嘀咕了，处处想把我挤兑走。我的房东，原是一位刁奸刻薄之人，处处欲赢，时时想凑热闹，开门诊期间，仗我住着她的房子，吃药扎针从不给钱，往往我稍微照顾不到，她就百般刁难，万般要挟。我尝够了寄人篱下的滋味。人在屋檐下，不得不低头。我每每忍气吞声，委曲求全。

可是今年 6 月，因为鸡毛蒜皮的小事，我的房东又要故伎重演，揪抓我的"小辫子"。整整五年，为了门诊，我一直受着窝囊气，我一直在扮演着契诃夫笔下的小公务员的角色！我愤懑！我恼怒！天有极至，物极必反！我实在忍不下去了。想到搬家，我和年轻的妻，就坐在床沿上禁不住潸然泪下。人挪活，树挪死。我知道，门诊一般是轻易挪不得的。每当新搬迁一个地方，都需要好长时间才能打开局面。

而房东正是抓住我这个心理。但愤怒的我，一气之下还是搬离了她那个地方！

潮涨潮落，我的生活确实没个平静的日子。道路坎坷，反反复复，曲曲折折。但越发坚定我走下去的勇气。我知道人生的社会价值在于不断进取，对美好未来的憧憬在于孜孜拼搏。我相信，阴霾过后，春光明媚；风雨过后，山色旖旎。

通过我与妻的不懈努力，门诊毫未逊色，患者越来越多。

现在我依然过着"人在屋檐下"的生活。

好在新的房东没有藐视我;好在我的门诊被人们深深牢记;好在我的文学创作又取得可喜成绩。如今,我的作品在省内外报刊杂志多次获奖,河南省作家协会、河南群众文学创作研究会、郑州小小说学会分别吸收我为会员。我感到由衷慰藉。

人在屋檐下,千万莫低头。

>>>
不要慨叹生活的痛苦!慨叹是弱者。

——高尔基

哭泣的虎子

虎子拔腿就想向门楼里冲去。这时早有准备的大哥、二哥、三哥一下子将院门闩上了。虎子又掉头窜向院子，企图越过院墙逃出去，但努力了几次，都被狗贩子握着的沾满血腥的打狗棒子，一次又一次地击打了回去。

朋友，你们见过一条会哭泣的狗吗？我所说的这条狗，在它生命的最后一刻，确确实实哭泣过，直到如今，它仍时常在我的梦中，向天狂吠，泪流满面，把我哭醒……

这就是我的那条叫"虎子"的狗。虎子骁勇剽悍，花斑毛色，状如老虎，我们便亲切地称它为虎子。

虎子是我童年时期最好的"战斗"伙伴。山里的孩子无处可玩，常常自娱自乐，在有月或无月的夜晚，吃了饭，扔了碗，捎上自制的"水铳子"溜出来，玩打水仗。打赢的就"乘胜追击"，打不赢的就"丢盔弃甲"，落荒而逃。那时的我，是孩子当中最机灵的一个，"胜利"总比"失败"多。当然也有"战斗"失利的时候。这时的我，就运用孙子兵法最后一条"三十六计走为上"。每当有人追赶而来，我就拼命朝家里奔跑。这时的虎子，瞅清局势，就会突然"杀"出来，把追赶我的孩子们撵得落花流水、溃不成军、嗷嗷乱叫……这时的我，就会拍着小手，唱着歌，向败逃的孩子们再次叫阵。虎子也双腿前撑，端坐在那里，不断伸着舌头，舔着嘴唇，悠哉乐哉，俨然一位常胜将军……

虎子看家护院从没有轻心过。邻家的婶子为了干活挣工分，便把不到半岁的女儿放到我家里，让双目失明的母亲为其照看。有一次歇工，婶子回来给女儿喂奶。婶子本想同母亲开个玩笑，要偷偷抱走女儿。没承想卧在一边的虎子看出了疑踪，误把婶子当成偷孩子的贼，"猋"地一声扑上去，差点咬住了婶子的乳。要不是婶子躲闪及时，后果真是不堪设想！那时我的家，因为兄弟姊妹七八个，再加上母亲双目失明，尽管父亲累死累活，每年还是"倒打款"。挣得的工分，分得的粮食，总是够吃不够喝。没到青黄不接的日子，就吃了上顿愁下顿，四处讨借。在我的印象里，我们从没吃过干饭，更没有吃过饱饭。我们吃的都是能当镜子照人的稀粥，就这还不能正常保证。常言说：儿不嫌母丑，狗不嫌家贫。尽管如此的家境，仍没有改变虎子对我们的忠贞不渝。我们高兴的时候，虎子就向我们撒欢；我们忧伤的时候，虎子就自个儿躲得远远的。那时候，不兴搞个体，父亲时常白天干活，夜晚就偷偷一个人出门给别人锻豆腐磨，以便多挣几个小钱养家糊口。这时的虎子，就义务地当起了父亲的"贴身保镖"。父亲无论到多远的地方，虎子都要一直把他护送到目的地，等到父亲干完活时，又把父亲接回家。每当听到父亲介绍虎子的"义举"时，我们全家人都感动得流下了眼泪……

不幸的是，父亲后来决计要卖掉虎子。产生要卖虎子的想法实出无奈。那时，贫穷已如魔鬼的鞭子，把我们抽打得晕头转向，实在想不出找钱的法子了。逢到阴雨天，我们全家十几口人，竟然连一双雨靴都没有。下雨的日子，就是我们唉声叹气的时候。就在那时，一筹莫展的父亲，才想到要卖掉虎子买两双雨靴的馊主意。尽管父亲的提议没有更多的人反对，但我从全家人长久的沉默里，读到了一种无奈和辛酸。父亲说这话时，我分明看见有一种很亮的东西，在他的眼里滚动，一闪一闪的，那是父亲的泪呀！父亲虽没有哭出声，但多少年来，我却感到那无声的哭泣，像一把刀，划过我的心，在我布满阴霾的心里，久久飘忽不散。

自从卖狗的计划在我们家里"出台"后，虎子也似乎突然预感到了什么，几天都慵懒地睡在那里，不吃，也不喝。

父亲后来还是专门请来了狗贩子。

可是就在狗贩子走进我的家门时，突然不见了虎子！

虎子似乎在听到"风声"之后偷偷逃跑了。

虎子是几天之后才回来的。那时的虎子，因为没吃东西的缘故，身子早已饿塌了架。可能是渴饿已极，虎子边伸着舌头在猪槽里舔水喝，边警惕十足地注视着我们。当父亲又一次喊来狗贩子时，虎子再次意识到了危险所在。虎子拔腿就想向门楼里冲去。这时早有准备的大哥、二哥、三哥一下子将院门闩上了。虎子又掉头窜向院子，企图越过院墙逃出去，但努力了几次，都被狗贩子握着的沾满血腥的打狗棒子，一次又一次地击打了回去。那一瞬间，虎子龇牙咧嘴，声嘶力竭地咆哮着，作最后的挣扎。大哥、二哥、三哥闩了门，和狗贩子齐齐地向虎子围攻。狗贩子拿出铁丝编就的箍子，几次差点套上虎子的脖颈。虎子眼看在劫难逃，忙又窜向屋里，钻进床底下。二哥从狗贩子手里接过铁丝箍子，到床底下唤虎子出来。虎子"呜呜"着，死活不肯出来。后来二哥还是钻进床底，用铁丝箍子套住了虎子的脖颈，强行把它拉了出来。虎子被拖到了门口的一棵香椿树下。一路上，虎子不断摆着尾巴，发出凄凄哀哀的叫声，那叫声充满着留恋。虎子被吊在香椿树上，随着狗贩子的棒槌野蛮地落下，虎子脑浆迸裂，鲜血四溅……那一瞬间，我们全家人都看见了虎子向我们摇着尾巴，泪流满面……

后来父亲每当向人们谈及虎子临死时的场面，都要哽咽失声。

我的童年，也就在狗贩子的一记棒槌重重落下时，彻底宣告结束了……

青年品德的完善，智力的发展，决定着祖国未来的命运，决定着我们民族的成败兴衰。

——范曾

燃烧的童年

眨眼间，灶厨里成了一片火的海洋。熊熊烈火挟着呼呼风声，三下两下，就蹿上屋顶，不断伸出猩红的火舌，把黢黑的夜空舔出一个"光明正大"的火红窟窿。母亲完全被眼前的"景象"吓呆了，站在院子里忘记了呼喊。

　　时时想起那三场大火。那三场大火，熊熊不熄，从童年到成年，至今燃烧着我的记忆。在这三场大火里，我时时想起我那双目失明的老母亲。

　　三场大火均与我们兄弟有关。

一

　　第一场大火缘于我的四哥。那时的四哥，孱弱多病，又黑又小，不起眼得像一粒老鼠屎，给人一种永远长不大的感觉。据说，母亲生下我四哥时，我父亲瞅着皮包骨头、哭声像猫叫的四哥，实在没有理由相信这副模样还能长大成人。我父亲拾掇起我四哥，在很大程度上都是抱着侥幸的心理。反正"成也萧何，败也萧何"，四哥能否成人，全凭听天由命了。

　　我四哥10岁的时候，身子骨依然瘦削得厉害。打我记事起，四哥就养成钻锅灶扒火土吃的坏习惯。那时的四哥，每当母亲不在身边，就一头钻进锅灶，撅着屁股，聚精会神地在灶门里东寻西找烧黄了的火土。四哥本来又黑又小，这下在锅灶里更是被染成了一只花鼻子猫，那模样委实滑稽，让人忍俊不禁。四哥把扒得的火土，连灰都顾不得吹去，装进衣兜，

一颗接一颗，一个人有滋有味地咀嚼起来。四哥咀嚼火土，宛若吃炒豆子般，"咯咯嘣嘣"，带着脆响，满嘴黄泥横流。这惹得我和弟弟在一边，既是羡慕，又是惊心！母亲知道了此事，自然阻止。但"嗜土成性"的四哥依然我行我素。母亲明里禁，四哥暗里扒，啥时不让吃火土，四哥吃饭都不香。每每这时，母亲就在一边长吁短叹。

那天，四哥瞅着母亲刚离开灶厨，就迫不及待地冲进厨房，用火钳在还闪烁着通红灶火的锅里扒找起火土来。四哥在寻找的过程中，生怕有任何"漏网之鱼"，眯缝着老鼠眼，把还没有燃尽的灰烬扒拉到灶门外，全神贯注、仔仔细细、认认真真地翻拣了一遍又一遍。四哥万万没有想到火星会迸进柴火里，为此引发了一场大火。

那场大火整整燃烧了一个多小时。幸亏收工的人们及时赶来，要不然，连邻居家的那几间茅草屋也在劫难逃。

我家的厨房在这场火灾里被烧得檩折椽断，惨不忍睹。这对于本就贫困的我家，无异于伤疤上撒盐。大火被扑灭之后，我的父亲心疼得在一边暴跳如雷，几次脱下布鞋，要狠揍四哥，是我双目失明的老母亲拼命左推右挡，才使四哥"幸免于难"。父亲打不着我四哥，就把气出在母亲头上，挥起鞋底，在我母亲身上雨点般，噼噼啪啪，扬起又落下。那时候，母亲没有哭，但我分明看见有两行泪水从母亲的脸上无声地滑下，滴落在四哥羸弱的脖颈里。

二

我六弟惹出的那场大火纯属天意。

那时兴集体。适逢半夜三更，社员们还得操心上工。一天鸡叫时分，我父亲早早地出工了。我母亲便坐在灶门前，静静地往灶门里添着一把又一把的柴火。母亲只想早早地煮好饭，让肚饿的父亲天亮收工时能有现成的饭吃。母亲正往灶里添柴火，突然听见东厢房里的六弟"叽哇"尖叫了一声！母亲只当是我六弟睡梦中从床上跌了下来，赶紧丢下柴草就往东厢房里摸——事实上，那只是母亲的一种幻觉。事后母亲多次谈及此事，我和四哥一再证实，当时根本没有听到六弟发出任何声响。我母亲离开厨房时，灶火落下来引燃了灶前的柴火。眨眼间，灶厨里成了一片火的海洋。熊熊烈火挟着呼呼风声，三下两下，就蹿上屋顶，不断伸出猩红的火舌，把黢黑的夜空舔出一个"光明正大"的火红窟窿。母亲完全被眼前的"景象"吓呆了，站在院子里忘记了呼喊。还是在禾场上打麦的村民们反应快捷，纷纷丢下手中的活，一路奔跑，各自回家拎来盆、桶，加入紧急营救的行列。那场面真是震天撼地。所有的人没有一点杂念，人们站成一条长龙，这条长龙一直延伸到池塘边。人们忙忙碌碌，配合默契，心中只有一个念头：赶快汲水把火浇灭！要说唯一"心不纯"的，只有小孩子们。小孩子们平时难得看到这样的场面，在这种波澜壮阔的场面里，"会看的，看门道；不会看的，看热闹"。就连我们兄弟几个，也被一种莫名的情绪鼓动着。

那场大火，又把我家刚刚盖起没多久的灶房焚为灰烬。

我父亲站在院子里，更是咆哮如雷，对我母亲怒骂不止："这真是越馏越吃盐！——你个瞎鬼，咋恁蹊跷哩？每次失火，你都不在里面，咋不把你也烧死哩?！"父亲末了又补充一句："再失火，我非把你推进去一块烧了！"

三

后来，那场火还是失了。失这场火的责任在我。童年的我，虽不淘气，但显得比一般的孩子多一番思索。看着父亲抽烟，我就盼望自己快快长大。我觉得父亲抽烟的姿势很是潇洒，颇具有男人味。

一天，母亲坐在灶厨前烧火做饭，我突然对母亲提出一个颇为严肃的问题，我说："妈，我要抽烟！"

母亲"看"了我一眼，漫不经心地说道："猫大的年纪，狗大的岁，你要抽什么烟?！"

我说："我都有三块油糍粑高了，我已经是大人了！"

母亲"扑哧"一声笑了："就算你是大人了，俺家哪有钱供你抽烟啊?"

我说："我自有办法！"

　　我撂下这句话，便自顾在灶门前的柴火堆里拾起一根剥皮的麻秆，折成短截，用灶火引着。因为第一次抽烟，我根本受不了那股烈劲，当我贪婪地猛吸一口，那烟不是烟、火不是火的味道直呛得我泪流满面，咳嗽不止。我忙扔下麻秆，蹲在地上揩抹眼泪。我没想到在"慌不择路"中把着火的麻秆扔进了柴火堆。那真正是应了"干柴遇烈火"这句话啊！顷刻间，柴火堆"砰"的一声被引燃了。慌乱中，我被吓傻了眼。母亲听到动静，知情况不妙，忙到缸里舀水救火。但不凑巧的是，缸里的水早被用完了，哪还有半点水星？母亲又忙用火钳去扑打，但哪还扑打得灭？要不是闻讯赶回的村民从火海里拽出母亲，母亲真得葬身火海了！那时的母亲，头发眉毛全被烧卷曲了，身上也几处燃火。扑灭了火，母亲便跌坐在院子里恸哭不已，一遍又一遍呼喊着她的厨房。

　　母亲隐瞒了这场事故的直接"肇事者"，父亲也对这件事显得格外宽容，再没像以往那样对母亲大吼大嚷。看着浑身伤痕累累的母亲，父亲只是连声地喃喃道："厨房盖在火地上了！罢了！罢了！还是重新挪一个地方吧！"

　　父亲请人又苦起了厨房。

　　只是自从挪走了厨房，我的家里真的再没有发生失火的事故。

　　如今我已成家立业了，早到了吸烟的年龄，但我从此与烟无缘。每当看见有人吸烟，我就想起我的童年。因为吸烟，童年的那场大火，一直燃烧至今，把我从幼稚煅烧成熟。在这成长如蜕的过程中，我不能不想起历尽沧桑的老母亲，于是更加明白：苦难多深，母爱多深……

唯有民族魂是值得宝贵的，唯有它发扬起来，中国才有真进步。

——鲁迅

向着梦的地方去

那时，远离家乡远离妻子的我，愈加感到空虚。无聊、孤独如潮水一样在心头蔓延，淹得我几乎喘不过气来。没事的时候，我就伫立在报社的走廊上，让目光划向辽远的天空，直到被高耸入云的楼体撞得七零八落，玻璃一样跌碎一地。

每个人都是为梦活着。

梦是一道无边无际的风景，尽管薄如蝉翼，或缥缈如雾，但我们总是向着梦的地方去。梦是一片青草地，而我们就是守望青草的可爱的驴子。假若没有青草，我们该怎样生活下去呵！

至今回想起来，我甜甜的梦里总是有涩涩的苦味——

小时候，我的家里十天半月都吃不上一顿干饭，但我们兄弟姐妹们从不抱怨。我只渴望我的家里拥有像阳光一样灿烂的欢声笑语。可父亲总是因为苦难的日子在家里大发其火，使如水的生活在我们家里流淌得滞缓呆板，黯淡无光。

很小的时候，我就向往当兵，对军人一直抱有神圣感，崇尚得不得了。所以我就暗下决心，长大了一定要参加人民解放军。于是多少回，我都拿着棍子，披着塑料薄膜，有意冒雨在院中苦练"杀敌"本领。可是我至今都与戎马倥偬的军人生涯无缘。

上学后，我曾立志要当一名人民教师，站在三尺讲台上，向可爱的孩子们传经布道。可是因为贫穷的家，我高中还未读完，就不得不辍学了。

后来，我又辗转进了一所成人中专卫校。好长时间因为没有钱吃菜，我不得不拿起笔，希望当一名作家，写写文章，换一点钱。三年的卫校生活，多灾多难的家庭委实无力供养我，我几乎都是靠向同学借钱买菜票，然后想办法写文章挣稿费还给他们。我活在一种磨道似的日子里，或悲或喜，或歌或泣。那时，唯一使我亲近生活的是文学。我笔尖下流淌的是一条小河，一条载着我欢乐和痛苦的河。在这条小河里，我让人类的喜怒哀乐，一路踩着浪花而去……

如果不是文学，我就很难走出卫校那段低谷中的日子；如果不是文学，我就没有三次亲临郑州的生活经历。

1995 年 4 月份，在朋友的帮助下，我决定到省城郑州的一家报社应聘当编辑记者。那时，我正在一个小镇上开诊所。我租住的那家房东，为了蝇头小利，对我总是百般刁难。一气之下，我决定到郑州闯天下，如果可能的话，再也不想回到当时在我看来那个令人厌恶、庸俗不堪的小镇。

在初到郑州的那几天，我心潮澎湃，肃穆庄严。融在城市的队伍中，我总有一种大步流星超凡脱俗的感觉。可是上班十几天了，总是感到报社松松垮垮，一盘散沙，办事效率非常低。那时，远离家乡远离妻子的我，愈加感到空虚。无聊、孤独如潮水一样在头心蔓延，淹得我几乎喘不过气来。没事的时候，我就伫立在报社的走廊上，让目光划向辽远的天空，直到被高耸入云的楼体撞得七零八落，玻璃一样跌碎一地。

有一天夜晚，孤独的我，一个人来到街头散步，刚走至一辆大卡车前，猝然从后面蹿上来几名抢劫犯。他们不由分说，架起我就往卡车中拖。他们主要目的是向我索钱。而我那次偏偏身上分文没有。在一阵拳脚中，我急中生智扔下作家证。乘他们争抢之际，我才"金蝉脱壳"了。

那个夜晚，我逃回住室想了很久很久。我觉得人类不管为什么梦而活着，其实那梦是很脆弱的，它就像一枚易碎的鸡蛋，弄不好，很容易溅你一身脏。

后来，我不顾朋友的极力劝阻，毅然又回到了我的那个小镇。

我回到小镇后，把我的诊所乔迁到另一个地方。可是后来，因为房主人要用房子搞生意，眼看租赁一年到期后，我不得不又重新搬迁一个地方。那时的我，心情万分沮丧。因为家底空，没钱盖房子，无助的我，感到活在人家的屋檐下，实在没意思透了。

1996 年 5 月，我几经思忖，又揣上皮包第二次到了郑州。我在行动前，没和任何一个人打招呼，我只是把赌注押在我的一位老师身上。我的这位老师，是我文学的领航人，今生对我恩重如山。他是一家杂志社的总编辑。我此次到郑州，只是想投身在他的门下，在做好本职工作之余，好好侍弄文学，混一碗饭吃。到郑州后，才知他的刊物订数下降，编辑部处于挣扎状态。出于一片好心，我的这位老师让我回家先坚持开一阶段门诊，等刊物订数回升，编辑部景气了再说。

我的梦又一次被敲碎。

1997 年 4 月份，我的一位朋友打电话让我去郑州，参加一个编委会，为他写报告文学。朋友在电话里说，编委会要编辑出版几套大型报告文学丛书，时间大概需 10 至 20 年，或许更长时间，如果乐意的话，可以长久待下去。那时我正为开门诊而感到心力交瘁，长期为看不成书、写不出东西而烦躁不堪。听了朋友的话，我没有任何犹豫，决定摆脱门诊，弃医从文到郑州。

于是我又第三次到了郑州。

在郑州的那段时间里，我又突然心迷意乱，惶惑不安。站在城市的高楼大厦下，我觉得我是那么的渺小，根本找不到自己的人生坐标。立在纵横交错的十字路口，我无法举手投足，不知该迈向哪一个地方。我彷徨，忧虑，茫然无措。我又忽然怀念昔日的家乡生活。尽管在家里很忙碌，有些疲惫，但我却感到格外充实，最低不会迷失自己。那里的镇外有青青的

庄稼棵子，有馥郁的野花惹眼地开。行走在田间的小径上，我总是浮想联翩，文思如涌。如今在钢筋和混凝土铸就的城市里，我慵懒了，久久没写一篇东西。我彳亍在霓虹灯下，抬首看天，好几次都没看见天上的星星。

我又烦躁不堪起来。食不知味，睡不安然。一个月下来，竟瘦掉了几斤肉。

万般无奈，我又只好卷起铺盖"打道回府"。

只有把抱怨环境的心情，化为上进的力量，才是成功的保证。

——罗曼·罗兰

活着为什么

每当上课，老师正起劲地讲着，我心灵的小鸟就莫名地放飞窗外，绕着田野泥土的芳香，喊喊喳喳，一路鸣叫着，又回到了我正在劳作的父亲身边。父亲如弓的脊背是一座桥，怎么也驮不动我对他的爱怜。

　　可以这么说，我的童年是在忧郁和泪水中度过的。童年时期，我的家庭非常贫寒。母亲 12 岁时，双目失明至今。全家的重担自然就落在父亲的肩上。那时我们哥弟姐妹七八个，儿多母苦自不必说。每年，别人家挣得的粮食吃不了，我家却在青黄不接时，讨东家，借西家。几张嗷嗷待哺的嘴，父亲就是插上翅膀，觅来的粮食也填不饱我们窑门一样饥饿的嘴巴。在那种境况下，我们几个月吃不到一顿干饭。更甭说让父亲另开"小灶"了。为了多挣几角钱的工分，父亲总是起早贪黑，早出晚归，别人不愿干的脏活重活苦活，父亲总是抢着去干。再寒冷的天，父亲都会挽起高高的裤筒，下到水田里，深一脚，浅一脚，操犁掌耙，翻耕水田。一天下来，父亲回家时，双腿总是被寒冷彻骨的冰水刻划出深深的口子，纵横交错，鲜血淋漓。至今回想起来，那种情景都令我触目惊心，鼻子发酸。父亲累死累活，犒劳他的也不过两碗"光可鉴人"的稀饭，大不了就着半碗腌菜，呷几口从代销点沽回的烈性黄酒。

　　苦难贫穷的家，自然养就父亲暴躁乖戾的性格。在我的记忆里，父亲三天两头和母亲吵嘴，动辄摔碟子，掼碗子，刨锅灶。那时我们哥弟几个，很少不挨父亲的揍。父亲揍我们时，揍得再疼再狠，还不允许我们哭

泣。前半刻刚挨打，后半刻就让你端碗吃饭。遇到心里有疙瘩，怄气想不开，父亲再揍。于是我们每次挨了打，哪怕吃不进饭，也得木然地端着碗，任大颗大颗泪珠子，啪嗒啪嗒砸落稀饭里，溅起朵朵水花。

在这种阴郁的天空下，我心中的太阳就是考大学，跳出农门，改变我的家庭环境。可是我的心思又完全没有发挥在学习上面。看着劳心劳力的父亲，我在学校里怎么也待不住。每当上课，老师正起劲地讲着，我心灵的小鸟就莫名地放飞窗外，绕着田野泥土的芳香，喊喊喳喳，一路鸣叫着，又回到了我正在劳作的父亲身边。父亲如弓的脊背是一座桥，怎么也驮不动我对他的爱怜。于是读高中的我，白天在教室里，夜晚就回家主动帮助父亲收割播种。有时一干就是大天亮。然后舀一盆冷水，仓促擦一把脸，又赶到学校去上学。

在这种情况下，再有毅力和体力的人，都是学不进去的。两年的高中生活，如白驹过隙，眨眼间就过去了。父亲对我考大学的期望一直很高。可是我夜晚在家干活，白天坐在教室里，疲惫不堪，混沌不开，头昏脑涨得连针扎的缝隙都没有，就甭说学习了。因此，有很多时间，我都是躲进寝室，用厚厚的被褥把自己垛在下面，偷偷睡觉。有时学校查紧了，我就越墙而过，跃进学校围墙后面的蒿子林里，呼呼大睡。我覆盖在厚重炙烈的阳光下，任粗野的蝼蚁在我的耳朵眼肆无忌惮地爬进爬出，我都浑然不觉！

我的大学梦就这样在两年的高中生涯中"寿终正寝"了。

后来我又四处借钱，考进了县城的一所成人中专，上了3年卫校。

父亲为了给哥弟们成家立业，四处讨借，债台高筑，家徒四壁。有病的父母亲实在无力供我去读书。在卫校的这段生活中，为了节省开支，我常常饿得头晕目眩，两眼发黑，头痛欲裂，睁不开眼睛，似乎从来没有睡好过觉，直至如今都落下个怕看阳光的毛病。我常常是几个星期都没有钱买菜票。有时实在坚持不下来了，就回到家，希望从父母手里要几块钱。可是每次我鼓着希望的帆回家，又折断精神的桅归校。

记得有一次，我回家后不但没要到一分钱，连返校的车费都没有了。没办法，我只好向侄子借辆破自行车去赶六十多里的公路。屋漏偏逢连阴雨。走至半途，自行车没气了。可我连打气的一角钱都没有，幸亏有位熟人路过，接济了我。那天，我骑着那辆破自行车，一路吱吱嘎嘎，当摇晃到卫校时，已是夜里两点多钟。

那段生活常常令我悲伤。

就在那时，我接触了文学，希望挣一点稿费，以弥补生活上的不足。

如今，我娶妻生子，成家立业，文学事业也蒸蒸日上。可是生活一度令我不安，搅扰得我吃不香，睡不甜，感到举步维艰。初来这个镇上开门诊，因为初出茅庐，家贫如洗，小镇的人们看不起我，同行的医生排挤我。如今，当我混得人模人样，花红柳绿，又有人嫉妒我。我多少次踽踽独行在夜空下，看苍穹的星辰升起陨落，茫然四顾，无所适从。要想到人活在世间这么艰难，父母真不该种下我这个苦瓜！

特别是近段时日，因为门诊生意忙，又赶上儿子降生，我生活的三弦琴，已被弹拨得叮咚乱响。实出无奈，我只好请了一位保姆。但没想到保姆吃我的饭，为我干活，却违反了别人生活的"交通秩序"。于是乎，谣言四起，纷纷传说我请保姆其实就是娶"二房"。镇民们再见到我，总用一种夸张变形的眼光看着我。有的人见了面甚至带答不理的。仿佛我成了一个危险分子，人们对我纷纷退避三舍，躲避瘟疫似的。我一直生活在一种痛苦的深渊里。就连一向善解人意的妻子，一时也难辨谣言的真伪了，好长时间都对我很冷淡。憋闷得太久，我就和妻子吵嘴。每次妻子和我吵嘴都是信心十足。最难以让人接受的是，在我病中和心灵最憔悴时，妻子和我的战事仍然烽火连天，连绵不断。每一次吵嘴之后，镇民们诽谤最多的当然是我。我成了猪八戒照镜子——里外不是人。

我好痛苦。

那一阶段，是我心灵的阴霾最浓重的日子。我沮丧极了。我每次走在街上，与人说话，都觉得人们用眼睛的余光睥睨着我。我的心头哀哀的。我甚至想到了死。自杀也好，让车撞死也行。反正死亡对我来说成了一种解脱。我打坐在长夜的牢狱里，希望妻子儿女来看望我，给我带来怜悯与慰藉。可他们似乎不愿再领我回家。

在我情绪最低落的时候，我吞吃了20片安眠药，自己给自己肌注了

两支安定。我悔恨来到这世上，我痛悔自己没有给亲人带来新的转机。我觉得小镇的人们对我说三道四，就显得我太没有分量。

当天空还有太阳的时候，雨已停了，我又如雨后的蚯蚓，爬出门洞，爬向城市各个朋友的家。朋友们对我依然还是那么客气。每当他们向别人介绍我时，总是在文学成就上，对我冠以过高的荣誉，听的人总是对我肃然起敬，另眼相看。我突然又雄心勃勃起来。因为我在文学上努力了，面包和牛奶就摆在桌子上，供我享用。我仿佛又看到了自己的眼前堆砌着前途和光明。

我必须好好活着。活着就是向社会证明自己的能力和价值。

不能设想，一个没有强大精神支柱的民族，可以自立于世界之林。

——江泽民

童年的"文化衫"

那时，我既怕和茹萍老师的目光相碰撞，却又很渴望和茹萍老师没话找话说。每当茹萍老师走过我的身边，一缕淡淡的馨香从她的身上隐隐地散发出来，钻进我的鼻孔，溜进我的肺腑，使我久久有一种沉醉的感觉。

小学二年级的时候，我喜欢上了一位叫茹萍的老师。茹萍老师 20 岁左右的模样，剪着短发，脸盘白净，大眼睛，高颧骨，薄薄的嘴唇红润有色，说起话来娓娓动听。

那时，10 岁的我，根本不懂得啥叫男女之爱，但懵懵懂懂中，我对茹萍老师却有一种很深的眷恋。我总觉得茹萍老师很妩媚曼妙，犹如春天的兰花，灿烂着我混沌初开的心灵。茹萍老师说话的声音很温婉动听，讲起课来更是声情并茂，绘声绘色，音质甜润，仿佛百灵和着泉水的吟唱，令人陶醉其中，流连忘返。

茹萍老师教数学，代我们班主任。因为茹萍老师的缘故，平常最头疼数学的我，这时也忽然一下子迷上了数学！听茹萍老师讲课，我就有一种奇异的感觉，仿佛阳春三月，茹萍老师引领着我们，于水榭亭阁间，看百花盛开，蜂蝶群舞，浑身暖洋洋的。那时，我既怕和茹萍老师的目光相碰撞，却又很渴望和茹萍老师没话找话说。每当茹萍老师走过我的身边，一缕淡淡的馨香从她的身上隐隐地散发出来，钻进我的鼻孔，溜进我的肺腑，使我久久有一种沉醉的感觉。

我觉得能和茹萍老师多说上一句话，都是一件很光彩的事情，更甭说得到她的表扬了！茹萍老师的表扬是一块甜之如饴的奶糖，含在嘴里，能甜遍全身，回味无穷。

最令人贻笑大方的是，10岁的我，开始在茹萍老师面前刻意留心起了自己的打扮。

有一次，父亲用卖草籽的几块钱，咬牙为我买了一件白汗衫。那时，时兴在汗衫背后印字，即现在所谓的"文化衫"。我为了让自己穿上这件白汗衫在人群中更"抢眼出众"，引起茹萍老师的关注，就想印字，可是又掏不出那印字的钱。我便想着法子，在一块厚硬的塑料薄膜上，用小刀刻下一个大大的"8"字，然后将薄膜摊在汗衫上，用红墨水精心拓下，这才穿上汗衫，趾高气扬地走进了校园。那一刻，我感到同学们都向我投来了羡慕的目光。茹萍老师似乎对我汗衫背后那个大大的通红的"8"字，也多留意了几眼。我立时幸福得有一种快眩晕的感觉……

谁知放学的时候，下起雨来，当我一路小跑奔回家时，脱下汗衫一看，汗衫背后的那个大大的"8"字，早已模糊一片，红墨水的印渍把整件汗衫都洇润得面目全非！一件好端端的汗衫就这样被我白白糟蹋了，为此，我还挨了父亲一顿揍……

那件汗衫从此再没有穿，但我郑重其事地把它叠起来放进了箱角。一件汗衫是一段岁月的纪念。如今每当看到街头上流行的各式各样的"文化衫"，幼时的回忆，便如彩蝶一样，由万花丛中翩翩向我飞来。

知识的历史犹如一支伟大的复音曲，在这支曲子里依次响起各民族的声音。

——歌德

再看父亲一眼

我只觉得躯体已不再属于自己，灵魂早已离我而去。父亲不在了，我整个人仿佛一下子都被掏空了。平时，总认为父亲是一座不倒的山，如今山不在了，突然觉得自己的灵魂、自己的心、自己的四肢不知该安放何处。

2002 年的 12 月份，在事业上极度失意的我，茫然中来到周口市的太昊陵寻人求签算卦。算罢卦，我要求老先生给我测字。开始要测的是什么字，我至今想不起来了。记得我最后在纸片上随手写了个郑州的"郑"字。老先生端着纸片沉思片刻后，幽幽地叹口气，说我最近要"穿重孝"（意即戴白布，亲人间有白事发生）。他说，"郑"字，左边是繁体字祭奠的"奠"字，"奠"字，亡人也。

老先生所言，引发我心中隐隐不安。我不知道亲戚朋友间究竟有谁会遭遇大悲大哀，在脑海里过滤了几遍，也没有把谁联系起来。坦率地说，我也曾担心过父母的健康状况，但我当时压根儿就没把这件事情往父亲身上联想。

因为工作的不如意，那个春节我没有回老家。爱人和孩子都来到郑州陪我过春节。那个正月，我一直莫名其妙地失眠，整宿整宿睡不着觉，辗转反侧，烦躁不堪，叹气连连。一连十几天，天天如此。我不知道自己究竟怎么了。爱人也对我陷入深深的担忧中。

然而，正月十九，我突然接到父亲过世的噩耗。那一瞬间，这个消息

不啻晴天一声霹雳，炸响在我的耳畔，一下子把我击蒙了，大脑一片空白。我怔怔地、木然地捏住话筒，不知该如何面对这个现实。我不知道我是如何坐上火车的，又是如何回到家乡的。我只觉得躯体已不再属于自己，灵魂早已离我而去。父亲不在了，我整个人仿佛一下子都被掏空了。平时，总认为父亲是一座不倒的山，如今山不在了，突然觉得自己的灵魂、自己的心、自己的四肢不知该安放何处。这才想起，这个正月，我为什么烦躁不堪的缘由——爱至深处，一切都是有预感的啊！

为了抚养我们兄弟姐妹长大成人，父亲不知吃了多少苦，受了多大罪。风雨中，父亲把所有的苦难都扛在自己的肩上，踉踉跄跄，无怨无悔。想到劳碌一生的父亲如今就这样走了，我悲恸欲绝。

我从郑州匆匆奔回老家时，父亲已被净过身子，暂时停放在地铺上，被褥覆盖住他的整个身子，沉静而安详，仿佛睡着了一般，外界的风雨喧哗似乎从此再与他无关。我们那里有个说法，人过世了，是不宜轻易被惊动的。因此，我回家之后最大的愿望，就是希望最后再看父亲一眼。但覆盖着被褥的父亲，就这样与我阴阳两隔。按照家乡的风俗，逝者入棺后，亲人将绕棺再看一眼，算是最后告别。但是入棺的那天，人特多，特乱，很多人都想争着再看父亲一眼，我还没挤到跟前，父亲就这样被"盖棺论定"了……

父亲的辞世给了我莫大的打击。我匍匐在父亲的灵柩前，痛哭流涕，用头不断撞击着地板……让我悲恸欲绝的是，至死，我都没看到父亲一眼；直至入棺下葬，我也没有看到父亲一眼。

我痛悔自己因为人生的一次不如意，竟然连春节都没回去待在老人家的身边，让他至死都没看到自己的儿子一眼。我认为这是做儿子的最大不孝，是我一生都不能原谅自己的地方。

后来，听家里人讲，父亲过世前的那个正月里，一直在念叨着我们，曾数次向人打听我们正月十五是否回来过元宵节。想起这些，我禁不住又一次潸然泪下。

如今，父亲离我而去几年了，但他的音容笑貌仿佛就在眼前。我童年走过的小路，我曾经玩耍过的禾场，我后来生活过的小屋，甚至我心灵的

每一个角落，似乎都流动、漂浮着他轻轻的气息。没有音乐天赋的我，最喜欢歌手陈红演唱的《常回家看看》：

"找点空闲找点时间，领着孩子常回家看看，带上笑容带上祝愿，陪同爱人常回家看看……"

遗憾的是，这首歌却无法唱给父亲听了。想起父亲，多少次夜里，我都在梦里哭醒，泪流满面。

这一生，我都会活在一种忏悔中。

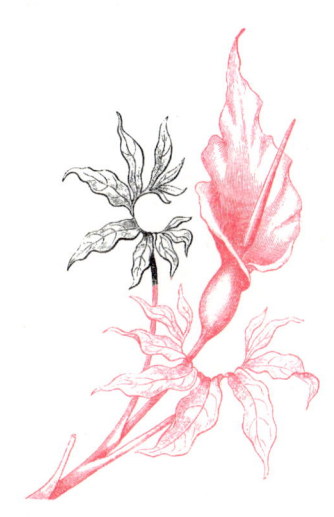

天才，就其本质而说，只不过是一种对事业、对工作过盛的热爱而已。

——高尔基

曾经有过的风景

我一直为老毛感到骄傲和自豪。这种膜拜心理一直持续到老毛为人妇、为人母，少年印象中的老毛形象，才一下子从我心目中摔落地上，被残酷的岁月年轮碾为齑粉！

在我们这里，"老"是小的意思，"毛"是对一个人的昵称。老毛在家里排行最小，因此，宠爱有加的爹娘便送她个"老毛"的名字。

我们那一茬的男孩子女孩子并不是很多。而老毛是唯一让我记忆颇深的一个。少年时期的老毛，剪一头齐耳短发，圆里透红的脸蛋，特别健谈的嘴巴，说起话来滔滔不绝，总是令我不无神往，羡慕至极。只是那时在我家，饥饿已将全家人对美好生活的向往与追求统统吞噬掉了！我们哥弟姐妹都是肩挨肩儿大，都到了上学的年龄，但困顿不堪的家庭，连温饱问题都解决不了，哪还顾及上学呵！

因此，和我同龄的伙伴们都高高兴兴上学去了，而我整天还得牵着牛缰绳，翻过一道又一道沟坎，为老牛寻找那一簇簇葳蕤可口的青草。看着伙伴们兴高采烈地奔走在上学的路上，我的喉咙下意识里有一种骨骨碌碌上下滚动的贪婪。每当放学之际，我都准时把老牛牵回家，然后一个人跑到老毛的家。那时的老毛，就乐陶陶地向我讲解她在学校里的"轶闻趣事"，并且还把她所学的知识娓娓向我复述一遍。老毛向我谈及在学校里的"轶闻趣事"时，总是显得津津有味，唾沫横飞，让听的人久久沉浸在童话般的意境里，神醉情迷，流连忘返。那时的我，便对学堂情有独钟和股切向往。于是学堂便成了朝觐的圣殿，我心灵的小鸟，时时都想欢呼雀跃在通往麦加圣地的路上。

因为对上学的渴望，于是便也多了许多对老毛的崇敬。

那时的老毛，给我的印象总是那么的美好。虽然她只比我早上了一年学，但我从她身上听到或者学到很多从没有过的知识。少年的我，从此便用一种仰视的眼光，开始打量模仿她的一切。那时的我，觉得老毛是一个很有出息的女孩子，以她优异的成绩，将来考取一所大学是不成问题的。我一直为老毛感到骄傲和自豪。这种膜拜心理一直持续到老毛为人妇、为人母，少年印象中的老毛形象，才一下子从我心目中摔落地上，被残酷的岁月年轮碾为齑粉！

漫长的岁月经过几多风雨，谁也无法去细说。在生命的河床中，记忆如泥沙，如石头，那些被世事之水挟濯而去的总是很多很多，让人根本无法敝帚自珍。譬如记忆中的老毛，后来为什么突然放弃学业而嫁人？我一直懵懵懂懂，搞不明白。我没有时间也没有机会向她询问考证。老毛也从没有向我透露的意思。这时的我，又在进行一番自我的人生挣扎——上小学——升初中——考高中——进卫校——然后踏入社会，成家立业，娶妻生子。不谦虚地说，此时的我，虽没有功成名就，飞黄腾达，但凭着我在医学和文学上的不懈努力，确实成为远近皆知的"人物"。

关于老毛的婚姻情况，我知之甚少。我只知道老毛的丈夫是位理发师，现在小镇上开了一家发廊。老毛婚后一连生了两个儿子。开始夫妻还算恩爱，后来不知为何就闹起了别扭，两人隔三差五扭打在一起，掀桌子，砸凳子，摔杯子，乒乒乓乓，此起彼伏，鸡飞狗跳。于是俩人便马拉松式地闹起了离婚。老毛坚信理发师在发廊起花心，理发师反说老毛在家里偷男人养汉子。孰是孰非，难分伯仲。两人就这么一直闹下去。理发师坚决要离，老毛坚决不离。于是老毛就变得有些目痴神呆了，和人说话总是有些颠三倒四。

后来理发师和老毛还是离了。婚离了，老毛显得比以前更痴傻无常。

在这期间，老毛曾来过一次我的门诊部。老毛到门诊部不是来看病，而是说我欠了她300块钱，要我立时偿还。想一想，这么多年我们很少谋

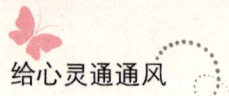

面，又何曾向她借过钱呢？我冥思苦想，也没想出啥时向她借过钱。

我说我没有向你借过钱。

老毛说，你怎么会没有借呢？那次你和我老公赌博赌了通宵，你亲自从我手里借去 300 块钱，难道你忘记了？

我这才明白老毛张冠李戴，把我当成了嗜赌如命的哥哥。

瞅着落魄的老毛，我当下从抽屉里拿出 300 块钱，郑重地递给了她。

老毛接钱的时候，双手不由窸窸窣窣地抖动起来。我的心也莫名地战栗了一下，有一种很悲哀的东西霎时在我的心田蔓延，使我陷入对人生的极度困惑和迷离中……

这就是我少年时期认识的老毛吗？

哪里有天才，我是把别人喝咖啡的工夫都用在工作上的。

——鲁迅

修鞋老张的一片天

老张有一手"妙手回春"的技术绝活：旅游鞋起皮了，他可以修；皮鞋的前尖"塌"了，他打一针，鞋尖就重新站了起来；皮鞋的大改小、小改大，在他的手下更是小菜一碟……

　　老张大名张春林，老家在柘城县胡襄镇张楼村。因为生活所迫，老张借了60元钱买了一台修鞋机，干起了修鞋营生，先后辗转甘肃、商丘、新郑等地，后又来到郑州汽车南站摆了3年地摊。修鞋本来是一个最普通、最常见甚至有些卑微的职业。但外表看似木讷、内心却很精明的老张，却瞅准一个机会，在商家、顾客最多的鞋城门口开了间"张师傅修鞋店"。老张在他的修鞋店门头上打的是"科技修鞋"烫金招牌，虽然很惹眼，但因为店面又小又乱，没有一丝时尚气息。就是这样一处不大起眼的小店，却因为老张的"名头"不小，生意格外热闹。据旁人介绍，为了找老张修鞋，有人竟然会跑大半个郑州。

　　老张不仅人缘好，而且是一个特别敬业的人。老张修鞋时从不敷衍任何一位顾客，遇到技术难题，也从不轻易放过，总是不断钻研，直至"柳暗花明"，把问题解决为止。老张有一手"妙手回春"的技术绝活：旅游鞋起皮了，他可以修；皮鞋的前尖"塌"了，他打一针，鞋尖就重新站了起来；皮鞋的大改小、小改大，在他的手下更是小菜一碟……老张因为过硬的技术和敬业精神，很快赢得广大顾客的信赖，鞋城里很多商家、批发

商纷纷找到他，请他给产品维修、改色并兼做一些售后服务，"修新如新"，不露痕迹。慕名上门找他修鞋的人也就更多了。如今，就是这个貌不惊人的老张，由一个农民来到城里，依靠自己勤劳的双手，把一个小小的鞋店经营得风风火火，月收入早已过了万元。

通过老张，我想到了许多人的工作和生活态度。很多人在干事创业时，好高骛远，不切实际，本想一口吞天，气壮山河，结果却是"贪心不足蛇吞象"，什么都未捞着。还有很多人在工作中眼高手低，挑肥拣瘦，缺乏敬业精神，大事干不来，小事干不好，空有勃勃雄心，却连最本职的工作都没有做好。我有一个朋友，由于自身技能问题，大半年的时间仍没有找到一份适合自己的工作。其实，这就牵涉到自身定位问题，只有明确了自己的定位，英雄才有用武之地。生活中没有十全十美、称心如意的事情，我们要想办法适应生活，而不是让生活适应自己。一个人，无论你在任何岗位上，如果连小事都干不好，不可能干好一件大事。这是人所共识的箴言。

古人云："勿以善小而不为，勿以恶小而为之"。相对于善恶标准的这句话，同样也适宜于生活的方方面面。再小的事，只要我们认真对待，照样也能干出一番大事业，开辟一番新天地。这正所谓"螺蛳壳里做道场"，是一种功夫，一种境界，一种成功。修鞋老张，即是如此。有了稳定收入的老张，租了一套两室一厅的房子，并把儿子送到郑州一家最好的中学里去读书，儿子的好成绩，一直成为老张的骄傲和自豪。老张是个有梦想的人，尽管他的梦想并不轰轰烈烈，如火如荼，但他毕竟是在朝着自己的梦想一步一步走近。

根植现实，手握梦想，无论大小，放飞后总会收获一片蓝天。

"神童"和"天才"，如果没有适当的环境和不断努力，就不能成才，甚至堕落为庸人。

——维纳

难忘片断

那是一个阴雨天，上午放学的钟声刚刚敲响，我便急不可待地冲出教室，跨上借来的自行车，一路向县城奔去。刚出孙铁铺镇，就下起了瓢泼大雨。为了及早见到神圣的编辑老师，我义无反顾地向县城方向一路狂奔。

　　我曾经在一篇创作谈里这样叙述过：我之所以走上文学创作道路，与我苦难的家庭不无关系。是的，这是怎样的一个家庭背景啊：母亲 12 岁时双目失明至今，父亲一年到头患有哮喘病，兄弟姐妹七八个……

　　我记事的时候，家里从没舍得吃过一顿干饭。最奢侈的时候，不过就是稀饭锅里下麸子搓就的丸子。就这还不能时常食用。家里是旧账摞新账，债台高筑。我们时时感到家庭的岌岌可危，压得我们喘不过气来。

　　二哥二嫂与我们分家，为了多分得一头猪崽，和父亲吵得不可开交。一向刚强的父亲，气得倒在地上痛哭不已。那哭声至今仍是一条呜呜咽咽的河，湍湍流淌过我的心灵，让我震颤不已……

　　读高中时因拖欠学杂费，被班主任多次下"最后通牒"。

　　上卫校时，因经济拮据，吃饭成问题，闹了个神经衰弱不说，和炊事员的关系也一度紧张。

　　有一次因没钱做路费，借别人的一辆自行车，不想半路上抛了锚，连打气的钱都没有，只好推着车子步行到卫校，已是夜里两三点钟。

　　还有一次皮肤过敏，痒得实在没法上课，是善良的堂哥过来把我领到

他一位熟人那里打的针。

卫校的最后一年，因实在交不起学费，被迫停学一个多月，是在县政府工作的堂叔借钱给我的。我永远记得那由三个汉语文字组成的朴素又伟大的名字：吴——良——树。

再让我告诉你一个关于自己去拜访编辑老师的片断吧！

那还是高二的时候。我刚刚在我们县文联主办的《弦歌》报上发表了诗作《愿你》和小小说《老郭头的死》。于是我决定利用中午午休时间，去拜访一下编辑老师，以便当面向他们讨教有关文学创作知识。

那是一个阴雨天，上午放学的钟声刚刚敲响，我便急不可待地冲出教室，跨上借来的自行车，一路向县城奔去。刚出孙铁铺镇，就下起了瓢泼大雨。为了及早见到神圣的编辑老师，我义无反顾地向县城方向一路狂奔。那是怎样的一辆自行车啊！用别人的话说：除了铃铛不响，其他部位都响；用我自己的话形容是：蹬一圈，走半圈，一圈不蹬退下来。就是这样的一辆自行车，丝毫没有影响我对文学朝觐的火热心情。雨中的我，早如一只落汤鸡，依然是摇头晃脑一路引吭高歌。我在心里一遍又一遍地安慰自己，并对此行美其名曰：天将降大任于斯人也，必先苦其心志，劳其筋骨，饿其体肤……

雨中的那个傻小子，那天不仅没拜见到几位编辑老师，反而因为风吹雨淋，回来后大病一场，高烧40多度……

古人云：冰冻三尺，非一日之寒；宝剑锋从磨砺出，梅花香自苦寒来。父母教导我说：没有苦中苦，哪有甜上甜？……这些朴素得不能再朴素的生活原理，宛若田野里挑起的一秆秆高粱穗子，生生息息养活了我们多少代人啊！

往事如烟，我用心灵之笔，在胸中搅起缤纷片断……

苦难对于天才是一块垫脚石，对能干的人是一笔财富，对弱者是一个万丈深渊。

——巴尔扎克

行走的泥土

是的，行走的泥土是有生命的。泥土融入江河，奔腾的流水是它的生命；泥土舞蹈在宇宙，飞扬的尘埃是它的生命；泥土栖息于园圃，盛开的花朵是它的生命……

我的诗作《探寻生命的花色》有幸荣获由中国散文学会、中国新文学艺术创作研究院、大河诗刊社、河南省宜阳县文联联合主办的"李贺杯"全国散文诗歌大奖赛二等奖，颁奖会于 2010 年 11 月在九朝古都洛阳如期举行。按照大奖赛组委会通知，为了更好地纪念唐代伟大天才诗人李贺，2011 年清明节将举行李贺墓除草培土活动，每位赴洛阳参加颁奖会活动的嘉宾须携带家乡新鲜泥土 300 ~ 500 克。

李贺祖籍陇西，生于福昌县昌谷（今河南省洛阳市宜阳县），是唐代著名诗人，字长吉，世称李长吉、鬼才、诗鬼等，与李白、李商隐三人并称唐代"三李"。李贺是中唐浪漫主义诗人，一生愁苦多病，仅做过 3 年从九品微官奉礼郎，因病 27 岁卒。这位英年早逝的伟大诗人，一生郁郁不得志，虽然只活了 27 岁，但存世之作达 200 余首。

就是这位天才的苦吟诗人，其多舛的命运，强烈地拨动了我的心弦。怀着对李贺的无比敬仰，接到组委会通知后，我特意骑车到几十里外的黄河岸边，为李贺墓除草培土活动精心准备了 500 克泥土。说实话，这次参加"李贺杯"全国散文诗歌大奖赛，获奖不是唯一目的，最主要的，是希

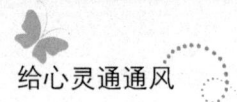

望借活动之际，到李贺的家乡去凭吊这位伟大的诗人。

到洛阳五星级华阳广场国际大酒店报到那天，仓促间，我没有将携带的泥土交给组委会，而是径直带回了房间。后来在电梯碰到同来参加颁奖会的著名作家凌鼎年先生，问他，情况也是如此。我们一致的意见是，第二天上午参加李贺雕像落成仪式时，将土直接带到宜阳。我这次到洛阳因携带了不少东西，挎包被塞得鼓鼓囊囊，有些沉，但一包泥土，宝贝似的，寸步没有离开我的身边，跟着我坐车跑了几百里路，从郑州来到了李贺的故里宜阳。更值得一提的是，鼎年先生因提前到海南参加一个会议，他携带着从家乡太仓市带来的泥土，先是坐飞机到海口，后又转道来到洛阳，一罐泥土跟着他，可是旅行了不短的路程呢。

在坐落李贺雕像的广场上，我们将泥土交给宜阳县的李小平女士时，我看到，细心的鼎年先生还在他装着泥土的罐头瓶盖上，用纸片写了几行字贴在上面。纸片上的具体内容我没有看，但我猜测，肯定是与这瓶泥土的来源有关。一罐泥土，几行字，足可见我们对天才诗人李贺的虔诚敬仰之情。此前，我曾与鼎年先生说，这些泥土跟着我们，跑了很远的距离，成了会行走的泥土，鼎年先生说此言甚妙。

是的，行走的泥土是有生命的。泥土融入江河，奔腾的流水是它的生命；泥土舞蹈在宇宙，飞扬的尘埃是它的生命；泥土栖息于园圃，盛开的花朵是它的生命……我希望某一天再到宜阳，看到我们培土的李贺墓，芳草萋萋，那遍地蔓延的，是我们对这位伟大诗人的殷殷思念，是永开不败的文化传承……

人生至善，就是对生活乐观，对工作愉快，对事业兴奋。

——布兰登

接站·铅笔及其他

与方友一块出门开会，也是一件颇爽心的事情。这个时候，在他身上足以体现出长者风范，无论上车下车，还是到了目的地，他都不忘叮嘱你要注意的事项……

接　站

2010 年 1 月 21 日至 22 日，由天津出版传媒集团、方正番薯网、中大文景文化传播有限公司、北京有望传媒、微型小说月报联合举办的"中国微型小说数字航母启动仪式暨番薯网微型小说高端论坛"等系列活动在北京北大博雅国际会议中心召开。作为会议受邀代表，我于 1 月 20 日夜晚乘坐 K180 次列车踏上通往北京的旅程。与我同乘 K180 次列车的，有河南省文学院专业作家、中国著名小小说作家孙方友先生。他是 10 号车厢软卧，我是 6 号车厢硬卧。此前，因忙，我与方友兄并没有相约到北京的时间，没想到买罢票通了电话才知晓，我们竟然乘坐同一次列车。

这次，受邀与会的河南代表有孙方友、秦德龙、安庆、侯发山、平萍和我。秦德龙因有事先期抵达北京；出发前，安庆打电话希望我能转道新乡与他一块，无奈我已买好车票只得作罢；侯发山也希望与我同乘一趟车次，因他乘坐的那趟列车不在郑州靠站，故早我一个小时到北京，相约在火车站结伴而行；平萍是在我们到了北大博雅国际会议中心相见后，才知道彼此乘坐的是同一趟列车，巧合的竟然是同一车厢，但因为事先沟通不

畅，我们虽然"近在咫尺"，却是"相隔两茫茫"，只好"无缘相见""失之交臂"！

出发前的上午，方友打电话告诉我一个感人的故事：北京会议举办方误以为我们是20号早晨到北京，《微型小说月报》的主编傅国栋、副主编尹全生二位为了接站，凌晨4点多就起床了，结果到了北京西站，左等右等都不见我们。打方友的手机，无法接通；又打我的手机，一直关机。后来他们才知道我们是坐20号晚上的火车，21号早上到北京。听了方友的讲述，我的心里既惭愧又感动。

方友被称为"小小说之王"，是中国当代小小说文坛的一面旗帜，其"陈州笔记"、"小镇人物"系列小小说等已在读者中产生广泛影响，在省内外频频获得各项文学大奖。然而就是这样一位重量级的人物，有人竟扬言要"封杀"他。其实谁都知道，作家不是说培养就能培养出来的，也不是随意就能被"棒杀"的。大千世界，芸芸众生，就连小草都"野火烧不尽"，况且，方友已是一棵大树了！

论创作，论年纪，方友均可谓我的师长。但因为交情笃厚，有时见了面，我还与他闹着玩，没大没小的，他也不恼。与方友一块出门开会，也是一件颇爽心的事情。这个时候，在他身上足以体现出长者风范，无论上车下车，还是到了目的地，他都不忘叮嘱你要注意的事项……这些本来应该年轻人操心的事情，结果都让方友想到了。因此，与方友一块出门，倒让我省却了不少心，格外踏实。

K180次列车于凌晨6点16分准时抵达北京西站。按照预先约定，我与方友在出站口相见，到时会议方会有专人过来接站。没想到在出站时发生了一个小插曲。

我也算是一位行动敏捷的人，为了不耽误时间，列车一停站，我便紧赶慢赶地出了验票口。没想到，在验票口外，我眼巴巴地盯着鱼贯而出的人流，都没看见方友。我拨打方友的手机，方友说他已在北出站口等我了，让我赶往那里会合。我急忙奔到出站口，可是找了半天仍是没见到方友的影子。打电话，方友说他就在出站口的广场上。我心里很纳闷，自己明明是在出站口的广场上，怎么就是不见方友呢？我怀疑向来以文明著称的北京，不会也闹鬼吧?!

凌晨 6 点的北京，天还没有放亮，灯光也不甚明朗。我在人影幢幢的广场上，一边疾步四处寻找，一边拨打方友的手机，但始终是"只闻其声，未见其人"。负责接站的全生兄，亲自打过来电话，告诉我路线的具体走法，但找寻了半天就是与他们"接不上头"。开始，我的心里有些焦急，找寻他们的步子有些慌乱。我总觉得耽误大家的时间于心不忍。后来，我在一丝心灰意冷中又有些释然，有意放慢了步子。我之所以表现出"临危不惧"、"处变不惊"的"大将风范"，是坚信一点：大不了，我打车过去。况且，按照方友的为人与秉性，他是不会落下我的；更何况，作为会议的举办方，能够不厌其烦地几次过来接站，他们又怎么可能丢下我不管呢?

后来，几经周折，我终于找到了与方友、全生兄相约的地方。原来，我们所说的出站口不是同一个地方，一个在地上，一个在地下，方向完全弄反了。看到方友、全生兄与司机三人在那里苦等了大半天，我在愧疚的同时，感到北京的冬天格外暖融融的。

铅笔及其他

一个注重细节的团队，必然是一个有活力的团队，一个有凝聚力的团队，一个有战斗力的团队。

作为会议的东道主，滕刚、孙赫男、傅国栋、尹全生、王海椿、李倩、董雪、胡甄、吴迪、张梅……无论是高管人士，还是一般工作人员，无处不见他们忙碌的身影。在这次会议上，有几个细节最让我感动。

这次受邀嘉宾众多，可谓名流荟萃，济济一堂。中国新闻出版总署副署长李东东，中国新闻出版总署产业发展司副司长张亮，中国人民大学副校长马俊杰，方正集团总裁张兆东，著名学者、作家、评论家、导演李建军、孙郁、谈歌、杨亚洲、孔庆东等及百余名微型小说作家参加了此次盛会。就是在如此规模的会议上，当我看到活动举办方，在每人面前的会议桌上，整齐地摆放着会议资料、记录夹和一支削好的铅笔时，不禁心头为之一震！如果不是精细的人，怎么会连一支笔都要替与会者考虑到呢?

　　还有，自会议拟召开前，作为活动举办方，先是给每位作者发邮件通知会议消息，后又打电话确认是否与会，然后又用特快专递发书面邀请函，登记往返程车票时间……这每一个细节，都足以说明活动组织者的严谨作风和对作者细致入微的关注。

　　再有，这次活动因个别作者不能报销路费，活动举办方不仅为其报销了往返路费，甚至将邮寄返程车票的信封都替作者提前填写好了……

　　这些感人的细节，充分说明了活动举办方对每位作者的尊重。有人只强调读者是刊物的上帝，却一味视作者为棋子。其实，读者作者均是刊物的衣食父母。试想，一个注重细节的团队，一个懂得尊重别人的团队，还愁其文化事业不蒸蒸日上吗？

伟大的事业是根源于坚韧不断的工作，以全副精神去从事，不避艰苦。

——罗素

今生债未了

我搞文学创作不是为了沽名钓誉，更不是为了想换来一点稿费。我欠生活的太多了。我把文学创作当成一种还债。我便是一位负债累累的债户。

我之所以搞文学，只因为今生欠了人们的很多债。

幼年时期，我是在忧伤和泪水中度过的。母亲双目失明。父亲为养活我们兄弟姊妹七八个而变得性情暴戾乖僻。尽管我有一个苦难的家，父亲还是毅然送我走进了学堂。

我欠了父亲的一笔心债。

于是我奋发读书，好好学习。为了不辜负父母的希望，我不敢有丁点懈怠。早在小学四年级，我就加入了共产主义青年团。穷人的孩子早当家。小小年纪，父亲的这笔债就压得我喘不过气来。

更使我震颤的是分家的那一次，二嫂为多要一只猪崽，和父亲大吵大闹，骂得父亲在院子里哭得背过气去。

那个苦难的家！那苦难的父亲母亲！

我却不能把你们的积怨瘀苦写出来，心中委实郁闷得难受。

于是我埋头读书，捧《三国》，读《水浒》，看《红楼》。我沉浸于悲欢离合的人物中。我痴迷上了文学。

我的第一篇处女作是在光山县文联主办的《弦歌》报上发表的两首小诗。而今，我在省内外报刊杂志上发表了小说、诗歌、散文，也加入了省作协。

我搞文学创作不是为了沽名钓誉，更不是为了想换来一点稿费。我欠生活的太多了。我把文学创作当成一种还债。我便是一位负债累累的债户。

还父母对我的望子成龙之债。

还各位老师对我的希望之债。

还妻子对我文学创作的支持之债。

还故乡的人们对我一片纯情之债。

还生活对我的一片真诚之债……

为了偿清"债务"，我得勤奋读书，潜心创作，为他们张扬生命，颂歌真善美，鞭挞假恶丑。

如今日月砥砺，精神重担，患病在身。但我却斗志昂扬。唯愿今生永远欠债生活，而不愿生活欠债于我。

我要以 10 倍的代价去偿还债务。

今生债未了。

教师的人格就是教育工作者的一切，只有健康的心灵才有健康的行为。

——乌申斯基

每个人都是自己的"神"

机会对于每个人而言都是均等的，就看我们如何把握。在生活中，我们总是希望有一尊"神"突然降临，坐等别人给予的一切，殊不知，最终主宰自己命运的，不是别人，是自己。

很多年前，我听到一个故事，至今想起来，仍觉得有些意思。这则小故事是说有个人非常信神，他每天都要祷告，就连走在路上踩死一只蚂蚁，都得跪在地上，在胸前画着十字，虔诚地祷告一番。

他觉得神始终都行走在人们的上空，默默地注视着芸芸众生的一切。他毫不怀疑神会给他带来吉祥和幸福。

有一天，山洪爆发了。滔滔浊浪，一排赶一排，向村子铺天盖地席卷而来。当别人都忙着逃命时，他却被洪水围困在家里。

当洪水淹到他的胸时，有一只小船划过家门。船上的人说："你抓住竹篙，我把你扯上来一起逃命！"

他却摇摇头："不，你们走吧，小船载这么多人，要是翻了怎么办？神会来救我的！"

当洪水淹到他的颈时，有一头水牛游过窗口。一位老者伏在牛背上，对他说："揪住牛尾巴，我们一起逃命！"

他又摇摇头："不，你走吧，揪牛尾巴太不安全，要是牛蹬我一脚怎么办？神会来救我的！"

他说这话时，房屋突然坍塌了，顷刻间淹没在浊黄的大水中。他被淹

死了。

　　他死后，便去天堂质问神："神啊，我平时对你这么虔诚，为何在大难临头之际，你不来帮我？"

　　神说："不是我不帮你，是我给了你两次机会，你都没有抓住！第一次，我派去了一只小船；第二次，我又派去了一头水牛。别人都能抓住，唯独你放弃了！"

　　是的，机会对于每个人而言都是均等的，就看我们如何把握。在生活中，我们总是希望有一尊"神"突然降临，坐等别人给予的一切，殊不知，最终主宰自己命运的，不是别人，是自己。

为了中华民族的繁荣富强，我要献出全部学识智慧。

——钱伟长

怀念水莲

那笑声，像早春的朝阳，令天地生辉；又若竹竿河的水，潺潺流淌过我的心田。

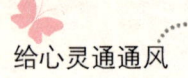

亦师亦友孙方友

这些年里，我几乎不会哭了，多事的生活似乎早已将我的泪水榨干了。在参加方友先生的遗体告别仪式时，注视着安静地躺在鲜花丛中的他，我多年枯竭的泪水，终于又一次夺眶而出，泪流满面……

接到孙方友先生去世的消息时，我正有事在外地。我端着手机愣怔在那里，半天都回不过神来。我不相信这个消息是真的，我总希望这是给我发信息的朋友搞错了。我当下打开宾馆的电脑，在百度上输入"孙方友"三个字时，来源于《郑州晚报》的一个词条明白无误地写道：7月26日中午12时10分，素有中国当代"笔记小说之王"之称的我省作家孙方友正在家中写作时，心脏病突发，经医院抢救无效，与世长辞，享年64岁……

那一瞬间，我整个人像被电击了一般，大脑里一片空白。我木然地呆坐在电脑桌前，始终不敢相信这个事实。这几年，因为各种原因，我几乎远离了写作，与文坛的师友们也少有联系了，只是适逢重大节日之际，才给他们发上一条祝福短信，以示他们永远在我心目中的位置。在我的印象里，方友先生无论走到哪里，都是能够给大家带来欢声笑语一片的人。他对写小小说要"翻三番"的精辟理论和独到见解，他爽朗的笑声，他炯炯有神的大眼睛……这一切，无不显现出他高超的艺术才华和旺盛的生命力。然而正是这样的一个人，怎么说走就走了呢？

方友先生与我，是那种亦师亦友的关系。论创作，论年龄，方友先生都是我的师长。但他从没有在我面前摆一下架子，更没有板起一副"凛然不可侵犯"的长者面孔，让我感到他的"高高在上"，而最多的是对我的工作和生活表示极大的关心。因为诸多原因，我曾经多次跳槽换工作。每次方友先生知道情况后，都对我问长问短，再三嘱咐我如果有什么困难尽管跟他说，并让我在新的工作岗位上要好好干。其情殷殷，其意切切，那份发自肺腑的贴近，令人动容，倍感温暖。

2002年10月至2003年11月，我有幸参加河南省文学院首届文学创作高级研修班学习期间，方友先生曾多次给我们授课，是我们正儿八经的老师，仰仗这种特殊关系，我觉得与他的关系更亲近了一层，在彼此的交往中，更是成为无话不谈的好朋友。多年来，我与方友先生一直保持着这种师友关系，时不时地小聚一回，聊文学，述人生，说人情，话人性，谈文坛现状，等等。因为关系的亲近，我们在一起说话时总是显得无拘无束，有时高兴了，我还没大没小地与他闹着玩，他也不恼。

与方友先生一块出门开会，也是一件颇为顺心的事情。这个时候，在他身上足以体现出长者风范，无论上车下车，还是到了目的地，他都不忘叮嘱你要注意的事项。2010年1月21日至22日，由天津出版传媒集团、方正番薯网、微型小说月报等单位联合举办的"中国微型小说数字航母启动仪式暨番薯网微型小说高端论坛"等系列活动在北京北大博雅国际会议中心召开。作为会议受邀代表，我和方友先生都参加了此次活动。就在报到分配房间的时候，细心的方友过来询问我的房间号。我以为方友先生要找我聊天呢，赶忙说："不敢劳孙老的大驾了！我一会儿到你房间，找你聊天。"方友先生朗然一笑道："我不是要找你聊天，这是生活常识——记住，无论到哪儿住宾馆，一定要问清楚彼此的房间号，这样遇到什么紧急事时也好有个照应，尤其是你们这些年轻人，跟着我出来，我总得对你们负责任呀！"

方友先生的一席话，让我的心头瞬间涌起一丝惭愧，既感动，又温暖。这些本来应该年轻人操心的事情，结果都让方友先生想到了。因此，与方友先生一块出门，倒让我省却了不少心，格外踏实。

方友先生在文学上是位多面手，一生著作颇丰，其作品包括《鬼谷子》《衙门口》《乐神葛天》等长篇小说，以及《刺客》《美人展》《孙方友小说选》等中短篇小说集24部，计600多万字，近百篇作品被译成英、法、日、

俄、捷克、土耳其等文字。方友先生的《女匪》《雅盗》《捉鳖大王》《蚊刑》《泥兴荷花壶》《神偷》等近千篇笔记体小小说串成"陈州系列"，在当代小小说领域自成一家，亦庄亦谐，厚重深邃，影响深远。评论界认为，"古有《聊斋志异》，今有《陈州笔记》"，孙方友的新笔记体小说，是继蒲松龄之后，中国文学笔记体小说的又一座高峰。

1972 年的冬季，作为盲流，方友先生去了新疆。苦难的身世和坎坷的生活经历，练就了方友先生坚忍执着、谦虚自信、机智幽默、宽容善良的性格。他心直口快，爱憎分明，疾恶如仇，但对朋友却有着火一般的热情，是一位能被朋友永远记住的人。方友先生去世后，供职于广东省委的朋友伍俊打来电话，深情地回忆他 1994 年在巩义市打工期间，到郑州参加笔会时，方友先生不仅盛情地请他吃饭，还在文学创作上对他给予无私的关心和指导；著名小小说作家王海椿兄，在电话里一再念叨方友先生是个好人，那份惋惜和痛心，溢于言表；远在北京的著名出版家尚振山先生，不顾工作的疲累和长途劳顿，连夜坐火车赶到郑州，来参加方友先生的遗体告别仪式……

我想，一个真诚的人，一个对朋友全心全意的人，才是能够被别人记住的人。在得知方友先生去世的消息后，我颤抖着双手先是给他的女儿孙青瑜拨了一个电话，然后又给他的胞弟、著名作家墨白先生发了一条短信。在电话和短信里，我除了安慰他们节哀顺变外，只颤颤地表达了一句话："方友老师不仅是我们中国小小说文坛的一面旗帜，更是一位好人！"

是的，好人在每个人的心目中，是最重要的人，也是最有分量的人。这些年里，我几乎不会哭了，多事的生活似乎早已将我的泪水榨干了。在参加方友先生的遗体告别仪式时，注视着安静地躺在鲜花丛中的他，我多年枯竭的泪水，终于又一次夺眶而出，泪流满面……

如今，方友先生已真切地离我们而去了。但恍惚间，我的耳畔仍能听到他朗朗的笑声；他炯炯有神的大眼睛，仿佛透过人群始终在关注着我；他与我交往中的点点滴滴，总是走马灯一样闪现心头，挥之不去……

我们在感受方友先生朗朗的笑声时，唯愿他一路走好，再次为天堂的读者带去阅读的快乐。

我有一张石祥先生的名片

无论是"名人"，还是普通的人，都应保持一种平凡的心态。是名人，不扬名，自有名；不是名人，刻意求名，反而欲速则不达，惹人贻笑大方。

2001 年，我到郑州百花园杂志社做编辑时，工作之余，忙里偷闲，偶尔也写一二篇小文章，向全国各地的报刊投稿。那时，由百花园杂志社主办的两份刊物：《百花园》和《小小说选刊》，早已确定了在小小说界的名刊地位，并在全国刊林中独秀一枝，获得广泛好评。实事求是地说，百花园杂志社已广泛赢得社会效益和经济效益，这里的工作环境和工作报酬还是蛮不错的，工作在这里的每一个人，都有一种优越感。

和我同去百花园杂志社做编辑的几位同事，不仅会编，还会写，而且在小小说文坛小有名气。如今，在这样的时期下，在这样的环境中，我们再来谈小小说，就格外地激情飞扬，滔滔不绝，底气十足。因此，对于做编辑的我们来说，更是格外受人景仰了，出门进门，优越感油然而生。自然而然，有人在读者、作者面前更是摆起了名刊编辑的"名人"脸谱，对读者、作者的态度极不友善。幸亏总编及时发现，才遏止了这种不良风气的滋长和蔓延。现在想一想那时的人和事，真是让人觉得荒唐、可笑、浅薄无知。

不说别人，还是说一说我自己吧。客观公正地说，我对读者、作者的态度，一直是认真的，心存敬意的。我一直认为：一个再有能耐的编辑，也是靠作者支起来的；一个再有能耐的作家，也是靠读者抬起来的。集编辑、作家于一身的我，常常视读者、作者为我心中的上帝。

坦率地说，我是个不大注重"关系"的人。给报刊编辑投稿，我很少写信或打电话。我一直坚信，真金不怕火炼，好钢用在刀刃上，是金子放在哪儿都闪光。本是普普通通、平平凡凡的我，常常以不凡自居，其实到头来什么都不是。在百花园杂志社工作的那段日子里，我的这种古怪心理更是作祟得厉害。因为是"名刊"的编辑，我便觉得自己的头上更比别人多了一道光环，"名刊"编辑的作品是不愁发表的。这种浅薄无知的想法现在看来，颇有"皇帝的女儿不愁嫁"的味道，其实都是夜郎自大的做派。我那时觉得自己真是一位"名人"了。因为工作太忙的缘故，后来给读者、作者的信也日渐地写得少了，就连给所有报刊投稿时，也极少附上信笺，谦恭地写上片言只语。

一次，我的一篇小小说《看夕阳》在 2001 年 3 月 13 日的《中国老年报》上刊发了。负责副刊的编辑石祥先生，在寄样报时，还写了一封信，并夹了一张名片给我。我清楚地记得，石祥先生在那封信中，对我的创作大加肯定，并叮嘱我再次为他惠赐小小说佳作。我读了这封信，并未过多在意，只想是编辑与作者之间的一般客套罢了，便顺手把石祥先生的名片放进了名片夹里。

偶然的一天，一位文学朋友来我办公室里翻看到了石祥先生的名片，惊讶地说："哟！你还和石祥有联系呀！你知道石祥是谁吗？他可是位大名鼎鼎的诗人和词作家呀！"我在朋友的惊诧声中，再端详石祥先生的名片，果不其然，名片的背面，赫然印着几行手写体：

石祥：国家一级诗人、作家

中国音乐文学学会副主席

中国诗歌学会理事

代表作：诗集《兵之歌》

诗歌《周总理办公室的灯光》

歌曲《十五的月亮》《望星空》

说起来有些大不敬，我以前并未留意到石祥先生名片背面的文字。其

实，罗列石祥先生名字后冠以的头衔并不重要，这些说多了，反而有"拉大旗，作虎皮"给人卖弄之嫌。重要的是，上初中期间，语文老师就教我们朗诵过《周总理办公室的灯光》；五音不全的我，偏偏喜欢哼唱《十五的月亮》《望星空》。毫不夸张地说，石祥先生的这几首歌曲，曾经影响了几代人，至今仍然传唱不衰。

捧着石祥先生的名片，我自感浅薄无知，突然惭愧得有些无地自容。我从石祥先生寄来的一张名片上，读到了一种作为真正意义上的编辑、诗人、作家的谦逊和博大。作为名人的石祥先生，对一位作者尚且如此，碌碌我辈，还有什么资格以"名人"自居？

我从此见了任何人，都尽量表现得谦恭一些，随和一些。我说这些绝无半点矫揉造作的意思。因为我深深地懂得老百姓说的一句至理名言：骡马大了值钱，人大了不值钱。这句话最朴素，却也最富有哲理，也是对那些妄自尊大的人的绝妙讽刺。无论是"名人"，还是普通的人，都应保持一种平凡的心态。是名人，不扬名，自有名；不是名人，刻意求名，反而欲速则不达，惹人贻笑大方。

前不久，我的那位文学朋友，从我这里要走了石祥先生的电话，主动联系上了石祥先生。在电话里，石祥先生通过我的那位朋友，仍不忘关切地询问我的近况。

我获知这一消息后，当下找出石先生的名片，肃然起敬地拨下一串电话号码数字……

青春是有限的，智慧是无穷的，趁短的青春，去学习无穷的智慧。

——高尔基

我的文友周鹏飞

在这个消费时代，什么都不缺，唯独真情、真爱正在逐渐缺失。鹏飞能够依然故我地褒扬这份美好的情愫，怎不令我们感叹、敬佩？

朋友之间的交往，无外乎有三种走向：一类是越走越近，一类是不即不离，一类是越走越远。我和周鹏飞的交往自然属于前一类。

认识鹏飞纯属偶然。一次省作协的朋友请客吃饭，在饭桌上几杯酒下肚，我们便成了无话不谈的好朋友。鹏飞中等个子，身材稍胖，但却显得壮壮实实；皮肤黑里透红，但却显得健康自然；眼睛不大，但却闪动着睿智的光芒。鹏飞喝酒痛快，说话豪爽仗义，为人为学都很谦逊。后来与鹏飞的交往，也确实印证了他留给我的第一印象。

我和鹏飞在事业上曾有过一段时间的合作。我们都属于那种心直口快的人，但因鹏飞比我年龄小，时时处处体现出对兄长的足够尊重。当然，我们有时也会因为鸡毛蒜皮的小事争执得面红耳赤，但很快会取得一致意见，达成谅解。我们两个几十岁的大男人，也曾像小孩子一样赌气分手过，但过不多久，竟然又情不自禁地走到一起，觥筹交错之间，仿佛什么事情都未曾发生，谁也没有放在心上。我曾在家人和朋友面前说过，鹏飞是位重情重义之人，诚实可交。果然，我们更进一步保持着很好的友谊，那份率真与坦诚，依然在我们身上坦露无遗。

2006 年，大众文艺出版社出版了鹏飞的文学作品集《谁看见风筝的眼泪》。在这本作品集里，鹏飞曾收录了几封书信，有的是写给高中恩师的；有的是写给同学的；有的是写给亲人的；我坚信鹏飞收录这些书信绝不是为了凑篇数、增加作品集的厚度，而是对往事的一种窖藏与回忆。认真地读罢这些书信，我为鹏飞的浓浓真情和绵绵爱心而感动。在这个消费时代，什么都不缺，唯独真情、真爱正在逐渐缺失。鹏飞能够依然故我地褒扬这份美好的情愫，怎不令我们感叹、敬佩？

鹏飞的诗是灵动的，想象丰富，意蕴丰美，警句迭出，充满着对生活的高度提炼。如："……在这汗珠串成的金黄世界/怎样迎接母亲/怎样迎接所有爱我的父老乡亲/这我懂——/最好是用庄稼丰收的语言/催开他们枯老的笑容/上帝呀/让我的泪沾湿诗稿//七月/望一望家园/透明的心空/总是展不开飞翔的/翅膀"（见《七月》）又如："……我以我的雄奇/穿越一生/我以我的剽悍不驯/驾驭时空/于岑寂中迸发一声呐喊呵/原始的烈性/绽放如洪//我是一匹马/我的生命/就是狂奔/我的足迹/就是征程"（见《我是一匹马》）类似的诗句还有很多很多，不胜枚举。

鹏飞的小说、散文作品也有着很深厚的生活底子。《穷根》区区数百字，写了贫穷所带来的愚昧。贫穷并不可怕，可怕的是精神上的贫穷。好佬叔受苦了一辈子并没有得到周围人的真正理解，村里人都把福贵后来的发迹认为是好佬叔这个"穷根""入土"了的根本缘由。故事很简单，虽构不成叙事上的丰满，但读后令人心里沉甸甸的。收录在散文小辑中的部分作品，我比较喜欢《因为年轻》《黑色的七月》等篇。这些作品虽然主题并不是很积极深刻，但我欣赏的是作者对生命、生活的真实体悟和概括，我都是把它们当作散文诗来读的。如《黑色的七月》："遥望七月，远方的山岗上，太阳与蓝天疯狂地赛跑，夏禾在生命的底层痛苦地拔节；一片枯叶被风抓住一如那颓废的蜂蝶，跌宕下沉。""风铃响过之后，黑色的七月，要么收获做人的箴言，要么，坠我于断崖——粉身碎骨。"当然，有的文章未免打上强烈的个人色彩，但这些意境优美的句子，宛若花草上的晨露，总是不断滚动而出，闪耀着灵动的光芒。

鹏飞的艺术才华在很早的时候就得到淋漓尽致的体现。中学期间，鹏飞就已开始文学创作并担任文学社副社长，因为勤于读书，善于思考，孜

孜追求，其诗文多次在校及全国性作文大赛中获奖。大学期间，鹏飞首次推出了作品集《我是一匹马》，在校园内外产生轰动。大学毕业后，鹏飞从象牙塔走向社会，先是在《农村·农业·农民》杂志社当记者，后来又担任副总编辑、主编等职；在报刊社工作期间，鹏飞采写、发表了大量的优秀新闻稿件、报告文学和诗文作品等，受到同行们的一致好评，引起社会广泛关注。

读鹏飞的作品，你能感知他对艺术的敏感、生活的把握和对人生境界的不懈追求。鹏飞的作品，是对生活的真实采撷，是心灵的自然流淌，在阅读中除了艺术享受，还能有所悟、有所得。对艺术、人生一直怀着素朴而虔敬情怀的周鹏飞，正是干事创业的好时候，希望他这匹来自江苏的"战马"，跃马中原，纵横驰骋，无论是在事业还是文学上，均立下"赫赫战功"。

拭目以待，值得关注！

求知的目的不是为了吹嘘炫耀，而应该是为了寻找真理，启迪智慧。

——培根

一路豪情一路歌

正是这个貌似外拙其实内秀的老马，天生有着一副善良的儿女心肠。读他的作品，你不能不被他优美的句子所折服，你不能不被他营造的氛围所感动，你不能不为他凄婉的故事唏嘘动情……

在这篇小短文里，我决定称呼马均海为老马。我叫他老马，并不是有意让人产生错觉，感到我的年龄在他之下。无论从年龄上，还是学识上，我一直叫他马老师。这一次，我决定"欺负"老马一回，我偏偏不叫他马老师，我就叫他老马。

老马不老。老马才40多岁的年纪。认识老马是在第二届当代小小说作家作品研讨会上。早在这之前，我就对老马神交已久。因为同是小小说的"殉道者"，我读过他的不少作品，对他的名字早就熟稔于心。我还在河南的几家报刊上读过几篇有关他的人物专访，这才知道，身为郑州市邮政报刊发行局局长的老马，一直在不到10平方米的"精神小屋"里，默默耕耘，为我们营造一片绿色的天地，生活竟然是那么简朴！

因此，就在那次研讨会上，我对老马也就格外多留意了一眼。那时的老马，给我的印象非常朴实，憨厚，言语简短，多少还带有一些女人的腼腆味。仅此一眼，我又在心里嘀咕道：如此老实巴交的人，怎么可以当局长呢？后来通过多次接触，才知这种忧虑纯属多余，事实证明，老马无论为人还是做官，在全局上下都是有口皆碑的。

笔会之后，我曾几次又到郑州，顺便去拜访了老马。每次都被好客的

老马极力挽留，领我到饭馆，点了几盘菜，要来几瓶啤酒，我们俩把盏邀樽，有滋有味地对酌起来。我知道那时候的老马手头还不算宽绰。不算宽绰的老马如此盛情款待我，这顿饭总是让我吃得痛心疾首。我边和老马碰杯，边在心里叫苦不迭，一遍又一遍默诵着"真可怜呵！真不容易呐！我怎么会让老马请客哩！"因此，一顿饭，尽管让老马破费了不少，但我却没有吃出个滋味来。再逢到郑州，我是万万不忍心再去"拜访"老马了。

正是这个貌似外拙其实内秀的老马，天生有着一副善良的儿女心肠。读他的作品，你不能不被他优美的句子所折服，你不能不被他营造的氛围所感动，你不能不被他凄婉的故事唏嘘动情……一篇《残月》，至今还斜挂在我心灵的半空，洒下一片凄惘的清辉；发表在《人民文学》上的《小巷深处》《艺术品》《好大一个花篮》，被《小说选刊》转载的《鬼灯》……每一篇作品都使我过目不忘，玩味不尽。

我觉得正是这个老马，占尽了天时、地利、人和。在出书难的今天，许多人都是自费出书，唯独老马不掏一分钱，挣了稿费不说，海燕出版社还专门为他举行了在全国堪称首例的小小说选集首发式，引得河南文学界各位著名作家、评论家纷纷入场，又是祝贺，又是喝彩，评论不断。众人言简意赅地用"三好"交口称赞老马的《红蝴蝶》一书：一是作者写得好，二是书名取得好，三是装帧设计印刷好。正因为有了这三颗"糖衣炮弹"，所以"轰炸"得老马好长时间都合不拢嘴，喜不自胜，显得没遮没拦的。

一本《红蝴蝶》，让老马孩子似的高兴了很长时间。适逢文人小聚在一起，老马总是不失时机地给我们"灌输"精品意识："小小说在精不在多，要写就写高水平的作品，要出就出高质量的书！"这惹得一向以写"土匪"闻名遐迩的孙方友先生，羡慕得眼珠子瞪老大！

老马算不上高产作家，但他的作品篇篇都很有分量。老马对文学创作一直充满自信，充满豪情，尽管这是一条崎岖的羊肠小道，老马还是把小小说这支悠扬的歌，一首接一首，有声有色，一路不停地唱下去。

孙禾印象

与孙禾说话聊天，你没有丝毫疲累的感觉。孙禾永远一副谦恭状，静静倾听你滔滔不绝的"宏篇大论"，时不时脸上涌起一波会心的微笑，露出两排瓷白瓷白的牙。

孙禾的青春美文集《假如我不说爱你》，由香港的天马图书有限公司出版了，这对作者本身是一件天大的喜事。孙禾在电话里嘱我为其写一篇诸如评论性的文字，我欣然应允。无奈的是，参加百花园杂志社举办的"当代小小说繁荣与发展研讨会"耽误了几天时间；回来之后，又被单位派出采访三四天……拖至 10 月 1 日，才终于利用假期时间坐下来草行此篇。评论倒谈不上，只是写一写有关对孙禾的印象，聊且算是我对孙禾弟的一番歉意吧。

应该说，我和孙禾是那种很不错的文友关系。从年龄上，我比孙禾大几岁，但我们之间从没有距离感。我们的相处一直很亲近。那时，我在小镇上开办私人门诊，孙禾正在读高中。而我的门诊正处在高中门口。这样，我和孙禾就有了许多接触的机会。年轻的孙禾，给人的印象总是那么腼腆、谦恭、敦厚、纯朴。我们的友谊虽然早已上升了一个新台阶，但他的这种性格和至诚的笑意，仍是时时刻刻写在他的脸上。孙禾的言，孙禾的行，永远让人产生信赖感，无法置疑。

孙禾是一位很重情感的人。在他的身上，极早地体现出文人的品质与禀赋。没事的时候，孙禾总喜欢到我的门诊部和我说说话，聊聊天。与孙

禾说话聊天，你没有丝毫疲累的感觉。孙禾永远一副谦恭状，静静倾听你滔滔不绝的"宏篇大论"，时不时脸上涌起一波会心的微笑，露出两排瓷白瓷白的牙。孙禾是那种很"用情专一"的人。每逢春节，无论路途多么遥远，孙禾都想法抽空到我家里坐坐，祝福的话语虽说得很少，但就着几碟小菜，温一壶热酒，推杯换盏，却也能喝个面红耳赤，醉意醺醺。

1999 年 10 月份，我弃医从文辗转来到省城。因一时没顾得与孙禾联系，多日失去联系的孙禾一连向我家里打了几个电话，写了几封信，询问有关我的情况。那份对友谊的拳拳之情和虔诚，令我扼腕叹赏，感动不已。

因为有了这许多的交往，我对孙禾的创作也就格外多留意了几眼。他发表在《百花园》1998 年第 10 期上的《八哥八哥等等九妹》，《小小说月刊》2000 年第 9 期上的《替奶奶讲一个老掉牙的故事》……我都仔细认真地拜读过。我虽没有当面向孙禾表示祝贺，但我早已在心间为他欢呼与鼓舞。身为学生的孙禾，你可以从他的作品里体味出一股过早的老成与凝重，才情与俊逸……他的立意，他的构思，他的语言，他营造的氛围，令任何一个初和孙禾相识的人，不得不回过头来重新审视打量他一番。

我从勤奋的孙禾身上，深深读到了成功的脚本。因此，我觉得现在用任何眼光和标准来衡量、评论孙禾的作品，都有失偏颇，为时尚早。孙禾毕竟还年轻。年轻便是资本。况且，孙禾的血液里时时澎湃着一股蓬勃的才情、智慧和坚韧，他的每一个脚印里，都闪现着成功的足迹。有了这些先决条件，孙禾还有什么理由不成功呢？

凡是教师缺乏爱的地方，无论品格还是智慧都不能充分地或自由地发展。

——卢梭

怀念水莲

黑暗中，我感到耳边有一阵急促的呼吸声，那呼吸声很甜美，袅袅弥漫进耳内，氤氲进心田，让我有一种很酥软的感觉。凭直觉，我知道那是水莲。

　　我初恋的女孩叫水莲。水莲出生在一条叫竹竿河的小河边。竹竿河曲曲折折，逶逶迤迤，像盲人的手杖，一路不停地敲下去。因为水莲的缘故，我记住了这条竹竿河。因为竹竿河，我和水莲走过了永难忘怀的一段缘。

　　水莲给我初次的印象曼妙无比。水莲总爱笑，一笑起来就咯咯的，吟吟的，无拘无束，像早春的朝阳，令天地生辉；又若竹竿河的水，潺潺流淌过我的心田。水莲笑的时候妩媚多情，夸张地弯着腰，如瀑的披发纷纷扬扬，宛若一群鸟掠过枝头，给人一种花枝乱颤的感觉……

　　那年的雨水出奇地旺盛。竹竿河三天两头涨水，淹了庄稼，毁了房屋，弄得河两岸的人们惶惶不安，居无定所。

　　水莲就是在逃水时来她姑父家认识我的。

　　水莲的姑父是和我同村同姓的邻居。

　　在那个雨水多灾的季节，水莲来到了她姑父家。那时我正在读高一，适逢暑假，我们便有了许多接触的机会。

　　水莲是一个勤劳的女孩子。水莲在她姑父家，不是帮她姑父干田地活，就是给她姑父放牛。水莲虽是逃水来的，但我没感觉她有丝毫沉重紧张的成分。我时常听到水莲的笑，像蜂蝶四处飞舞，穿过花丛，翩翩向我扑面而来。水莲的笑总能感染很多人，惹得很多人都对她投去专注的目光。那时的我，蓦然发现水莲真是映丽无比呵。那黑鬓鬓的鬈发，白皙光

润的鹅蛋脸，窈窕的身材……无不勾勒出十八岁的水莲楚楚动人的身姿。水莲的出现令情窦初开的我心旌摇荡，激动不已。水莲的一笑一颦，总能让我感到她是世上最美丽的人。因此，没事的时候，我的目光总是朝水莲姑父的门口逡巡。水莲出现的场合，是我最莫名战栗的时刻，我浑身燥热，感到有一缕幸福的光芒向我普照而来。我开始和水莲还保持一种距离，后来便找着机会和水莲说笑。我之所以有这种勇气，全是依赖别人的鼓励。我承认那时已爱上了水莲，但越是爱上，越是没有面对她的勇气。

在我们村里，水莲的姑父是人缘最好的。有事没事，大人娃崽都喜欢赶场子一样到他家里玩耍聊天。水莲的出现自然更是吸引了很多生活单调贫乏的小伙子。没事的时候，小伙子们总是成群结伙到水莲的姑父家里打牌逗哏。说是打牌，其实是"醉翁之意不在酒"。同村的小伙子们每次去时，总是不忘叫上我。在那种场合里，我很少说话。但水莲似乎注意到了我的与众不同。我看水莲的时候，发现水莲也正用一种特别温情的目光瞅我。那目光仿佛经历了几万光年，由两个不同的方向相向而行，然后"咣"的一声撞在一起！我和水莲目光相碰的瞬间，她不由得身子战栗了一下，惶惶地勾下头。水莲的这番举动，越发让我对她爱恋不已。

短暂的尴尬局促之后，水莲主动和我说起话来。水莲又恢复了她先前的爱说爱笑。水莲时常邀请我过去陪她和表姐表妹们打牌。水莲和我很快混得很熟。我感觉我和水莲之间的距离很近，似乎只有一纸之隔，虽然谁也没有捅破，但我们已达到了一种很默契的程度。每到天黑，我们就心照不宣地走到村外散步、聊天、唱歌；或是趁着夜色的掩护，约上她的小表妹，偷偷去摘别人的豆荚。一个无月的夜晚，不知听哪条小道消息说邻村的一个庄子放电影。于是我们就捕风捉影赶了过去。结果才知道根本是没"影"的事。我们大呼上当，急急往回赶。走至一畦花生地，我们的心都有些痒痒的，决定"无事生非"扯一些花生解解馋。水莲表妹的提议自然得到我们几人的积极响应。于是我们争先恐后下到花生地，噼里啪啦地扯起来。正扯着，不知谁在黑暗中兀自喊一声："有人来了！"于是水莲和她的表妹们，扔了花生就朝路上奔跑。跑着跑着，她们担心还是有人追上来，便顺势拐进路边的一片秫秸地里藏匿起来。我也只好随着她们钻了进

去。黑暗中，我感到耳边有一阵急促的呼吸声，那呼吸声很甜美，袅袅弥漫进耳内，氤氲进心田，让我有一种很酥软的感觉。凭直觉，我知道那是水莲。

水莲和我正式恋爱了。

后来水莲和我三天两头出去约会。我们谈理想，谈人生，甚至还谈到了结婚后的日子。在一个雨霁天晴的上午，我和水莲还相约到镇上的照相馆照了相，互赠对方作为恋爱的纪念。结婚对于我们俩人来说，似乎已是一个早晚的问题。那时的我，因为家庭的原因，再加上恋爱，早已对上学没有了兴趣。看着美丽大方的水莲，我曾在心里暗暗发誓：这一生非水莲不娶！水莲是我的唯一！水莲仿佛也早已把我当成了她的人。

水莲要从她姑父家回去了。

水莲要我送她。

雨后的黄土路，尽管有太阳朗晒，仍是泥泞不堪。那条七八里的黄土路硬是被我和水莲走了一上午。我们虽累出一身臭汗，但心中却感到特别甜蜜。快走至村口的当儿，水莲蹲在地上死活不愿再走了。水莲碰到了一位熟人，娇羞的水莲用手捂着脸，直至那位熟人从身边走过……

水莲后来歪着脑袋问我："你知道那天我为什么蹲在地上不起来？"

我懵懂地答道："不知道。"

水莲用手指点着我的额头，嗔怪道："傻瓜！人家是来'月使'了嘛！那天你没发现我的裤子被洇得红红的……"

我突然紧紧地箍拥着水莲，为自己知道了女孩儿的秘密而激动万分。我和水莲都觉得彼此是今生唯一可以牵手的人。

水莲没事的时候就来她姑父家。我们相见的机会一直很多。

爱情的甜蜜总是使恋爱中的人越粘越紧，密不可分。我从此记住了我的初恋，记住了一个叫水莲的女孩……

后来，水莲突然提出和我分手了。我一直搞不清水莲和我彻底分手的原因是什么。听人说，水莲是嫌弃我家贫穷才和我分手的。但在恋爱的过程中，我从没有向水莲隐瞒这些。水莲也从没作过这方面的明确表态。可是这一切究竟是为了什么呢？我冥思苦想，不得其解。我一个人跌跌撞撞

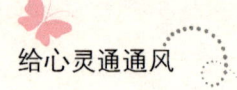

去了水莲的村口，任由多少人捎信，水莲就是不肯与我打照面。缘起缘落，缘聚缘散，这是谁也无法强求的事情。可是这种无言的结局令我委实想不明白。那一天，我踽踽独行在竹竿河边，茕茕孑立，痛苦异常。我反反复复想着我和水莲缠缠绵绵的日子，恩恩爱爱的过程。那时的天阴沉沉的，像厚重的黑棉套捂得人心里透不过气来。黛色的竹竿河，一浪扑过一浪，像拍在我的心上。我感觉我的心里在风雨大作了……

那时，遭受恋爱痛苦打击的我曾想到了死，我真想一头栽进竹竿河里，以示对这场爱情的忠贞不渝。但就这样死去实在让我心有不甘。我好想找水莲问个明白。那天，因为水莲，又冷又乏几乎坍塌的我，在竹竿河边整整徘徊了一天，后来我是怎么迈着沉重的步子赶回家的不得而知。我从此大病了一场。很长时间萎靡不振，悒悒不乐，抬不起头。无论是否如别人所说的那样——水莲是因为嫌弃我的贫穷才离开我的——我都暗下决心，今生一定要奋发进取，努力拼搏，混出个人模人样给水莲看看。我甚至还设计过如若哪一天再见到水莲，我该以一种什么样的神态出现……

后来我自学考进了一所卫校。再后来听说水莲也嫁给了山那边的一户人家，只是日子有些不好过，她男人的身体也有缺陷……

当我知道水莲的这一切情况后，我对她丝毫怨恨不起来了。我甚至希望有一天能见到水莲，主动和她打招呼，让她别在意我们那场不成功的初恋。可是有几次，水莲都是有意躲着我，勾着头，和我惶惶擦肩而过。

我从此再没有见过水莲了。

生活总是让我们的距离相近又相远。

如烟往事俱忘却，心底无私天地宽。

——陶铸

难忘七夕

岁月的风雨，不仅剥蚀了爱人的青春容颜，也赋予了她坚忍不拔的秉性。爱人总是竭尽所能维护这个家，小心呵护着我们来之不易的爱情婚姻。七夕，就在爱人的小心翼翼中，过了一个又一个。

我和爱人很少过七夕节，虽然我们的婚礼是在七月七日举行的。按当地人的迷信说法，七月七，是牛郎织女哭眼泪的日子，不吉利。之所以选择七月七日结婚，并非我们有意为之，风水先生按我和爱人的生辰八字推算，说其他日子犯克，只有这一天还算是黄道吉日。

七月七，本是牛郎织女相会的日子，但那毕竟是一个凄美的神话传说。在爱人的眼里，这则神话是以悲剧作为结局的。爱人虽没有更多的言说，但我能感知有一缕隐隐的不安与担忧弥漫在她的心田，成为她心中一个永远的结。

那时，因为身在农村，由于家庭的贫穷，我们时常为困顿的生活而奔波忙碌，谁也无暇顾及这些浪漫的日子，也无力在这个传统的节日里，为爱人买一枚戒指或是送一束火红的玫瑰花。所有的浪漫与温馨，似乎都凋零在柴米油盐酱醋茶中……我们悲过，喜过，笑过，哭过。年年岁岁花相似，岁岁年年人不同。七夕来了，七夕又走了。因为条件所限，每当七夕来临，我与爱人心照不宣，谁也没有提及七夕节里庆祝之类的话题。但我心里清楚明白，我们都是在极力回避着什么。有时，我与爱人因为生活琐事发生争执，她就会轻轻地叹息一声说："也许，我们结婚时不该选择在

七月七……"

我知道，爱人说这番话，是因为生活给予了她太多的苦痛和压力，为了这个家，她用柔弱的肩膀为我扛起的太多太多，甚至作出了巨大的牺牲。岁月的风雨，不仅剥蚀了爱人的青春容颜，也赋予了她坚忍不拔的秉性。爱人总是竭尽所能维护这个家，小心呵护着我们来之不易的爱情婚姻。七夕，就在爱人的小心翼翼中，过了一个又一个。

女人既然选择了你，就是把一切交给你，你就应该倍加小心珍惜这位上帝派遣给你的人间使者。虽然生活中，我与爱人也曾有过磕磕碰碰，但我在心里暗暗发誓：这一生，我一定要与爱人相濡以沫，患难与共，风雨同舟，甘苦同共……

如今，我们举家来到了省城打拼另一番生活。虽然日子比以前有了起色，但我与爱人仍然没有过一个像样的七夕节。爱人仍然保持着素朴的本色。在我的记忆里，她很少为自己买像样的化妆品。她的化妆品大部分都是我给她买回来的，有时买贵了，都会让她心疼半天。但爱人对别人总是特别大方，有了好吃的东西，她从不吝啬，生怕我与孩子们饿着肚子。爱人的无私、善良与贤惠，令我心酸，令我感动。坦率地说，爱人是一位缺少浪漫情调的人。正因如此，我也曾迷离过，像不在少数的城里人一样，经历着霓虹灯下的迷惘与诱惑。但我很快摈弃这些杂念，让灵魂复又回归到道德、责任的地平线上。

从与爱人携手同舟的那一刻起，我们虽然很少演绎浪漫的日子，但每年的七夕都会如金子一样沉淀、闪光在我们生命的河床中；我们虽然没有买过一束玫瑰花，但每年的七夕都会有玫瑰的花香涌动、浮现在我们的心中；我们骨子里的浪漫虽然已被生活严重挤压，但我们彼此抓握的手会牵得更紧……七夕，是我与爱人携手相牵的日子，它已深深根植在我的记忆里，如生命一样重要。

今年的七夕，我决定悄悄到珠宝店里买一条项链送给爱人。也许，很少浪漫的爱人会给我一个吻呢！

堂堂女儿

很多人都偏爱男孩，我却很溺爱我的女儿；很多人都说男子能顶天立地，我却说女儿也能纬地经天；很多人都说男儿有雄心壮志，我却说女儿也能豪气凌云。

你是 1992 年 6 月 22 日凌晨 5 点 30 分降临到这个世界上的。随着"哇"的一声啼哭，你粉嫩的声音，冲破了两个世界之间的帷幕，摇落了你妈妈一夜痛苦的煎熬。我也忘记整整厮守在你妈妈身边一夜的疲累。女儿，这时我才真正体会到天下父母心的伟大蕴含。为了把你从那个世界接回家，我们曾付出了多少心血！

女儿，你来到这个世界，我说不上悲伤也说不上欢喜，你给我更多的是一嘟噜一串串的思索。

在这个世界里，我们不能给你多少物质家业，我只想送给你一件永恒的东西。

那一天，你鲜活的哭声，如雨后树上的葡萄般垂挂于这个世间。我们没有为你祈祷，也没有为你祝福，甚至没有像你爷爷为了我们姊妹哥弟八个的降生，而虔诚地跪在神龛面前，化纸焚香。我也更没有为你燃一挂吉庆的鞭炮以示庆贺。我们不是上帝，也不是造物主，我们不能给你安排幸福，吉祥，保你一生的安逸，人生的命运艨艟还在于你去把握掌舵，一切物质基础和精神财富，还得靠你自己去追求，去创造，去拼搏！

那天，我什么都未曾带给你，只给你取一个永恒的名字——堂堂。

堂堂女儿：你爸爸我是一个很贫穷的人，生在农村，独身离家，现在没钱没积蓄，房屋也没有，一直靠赁租房子过着寄人篱下的生活，几年了还不能为你建筑一个安乐窝。穷虽穷矣，但我的精神灵魂却饱满得几将膨胀出壳！我热爱文学，就像热爱我脉管里的鲜血；我热爱农村，就像热爱我可亲可爱可敬的父母双亲。他们的疾疾苦苦，悲悲欢欢，总是弹跳颤动着我的心弦！

女儿，永生永世，请你铭记我给你取名的含义：

你知道文天祥的词《酹江月》吗？

"堂堂剑气，斗牛空认奇杰。"你的名字便由此得之。此句原是文天祥悔恨自己的失败，这里取其相反的意思：要女儿你，当自己失败的时候，千万不要悔恨气馁，而应该鼓起勇气。

女儿你将来无论到何地步，都不要忘记自己还"尚"未离开"土"地（"尚"与"土"拼凑起来即成"堂"），希望女儿你要热爱大地，热爱农村。

你虽然不是一个男儿，但这又有什么不好？你也是一个堂堂正正的人！

这就是我，你的爸爸，为你积攒的全部财产，但愿女儿能够继承。

很多人都偏爱男孩，我却很溺爱我的女儿；很多人都说男子能顶天立地，我却说女儿也能纬地经天；很多人都说男儿有雄心壮志，我却说女儿也能豪气凌云。

堂堂，女儿，我永远不会厚男薄女。

男子堂堂。

堂堂女儿。

堂堂做一个有用的人。

失败是坚忍的最后考验。

——俾斯麦

希望女儿

女儿虽小，但却有一颗同情弱者的心。女儿从此改变了我对人生的看法。但愿天下所有人都有一份同情弱者的真情。

　　我的女儿虽然只有两周岁，但她聪明伶俐，还没进入幼儿园就能声情并茂地背诵几十首唐诗。女儿是猴年生人，那一双圆亮的眼睛里总是充满调皮和睿智。因此，在我面前从来没把女儿当成一个孩子样娇生惯养着。我总是苛刻地用成人的标准，近乎不讲理地来要求女儿。

　　女儿的番番举措总能深得我心。

　　一天，我正在给病人看病，在外玩耍的女儿牵回一位讨饭的老者。老人60多岁，须发皆白，虽至耄耋之年，但却精神矍铄。平素我是最讨厌要饭的人，尤其那些具有劳动能力的人，不靠自己的双手去创造价值，却看别人的黑脸白脸进行乞讨，我一直认为是游手好闲，丧失自尊。不过说这些，并非我出身高贵，在我们这里有个约定俗成的规矩：讨饭的不讨药店。大概从职业上有个划分法，医生是上九流，要饭的是下九流。所以要与不要有个界限。偶尔行乞者也来药店，但多是些跑"江湖"的，懂得规矩，都是贵体欠恙来要药吃。要什么我们给什么。其他概然不理。长此以往，我有一个固执的做法：凡是来我家讨钱讨饭者，我一概不给。

　　那天，小女儿把那位行乞者牵到我家门口时，我不但没生厌烦之心，反对女儿的行为大加赞赏。

　　那老者说："你这孩子真乖，大概两岁了吧！她硬拉着我的手说，'老爷爷，你去向我爸爸要，我爸爸有钱！'"我的心为之一动。我突然觉得女儿有一颗善良的心。于是我毫不含糊地给那老者几角钱。

几角钱虽少，但却是我对女儿行为的赞同。

女儿虽小，但却有一颗同情弱者的心。女儿从此改变了我对人生的看法。但愿天下所有人都有一份同情弱者的真情。

愿女儿长大后，永葆此份虔诚。

道德常常能填补智慧的缺陷，而智慧却永远填补不了道德的缺陷。

——但丁

难忘女儿心

以后的日子，女儿依然和孩子们在一起玩耍。女儿依然把东西大大方方分给众伙伴吃。看着她与众伙伴兴高采烈的样子，我没有再去干涉。我突然觉得，从我身上失去的，恰巧在女儿身上找到。

这几天，因为生活不顺心，愤懑时时潮汐般冲撞我的心扉。

下午，两岁的女儿买了一袋锅巴出去后，眨眼间两手空空回来。

女儿又把锅巴分给她的小伙伴们吃了。

女儿买东西从来没有单独吃过。女儿总是把锅巴、糖块、巧克力之类的东西分给小伙伴吃，惹得一群孩子整天爱围着她转，到头来自己一无所有。

女儿从没吝啬过。因此女儿与孩子们玩得都很开心。

女儿每天得花几块钱。这使我们做父母的很苦恼。当然不是心疼女儿花钱，而是痛心她花钱买的东西自己没吃着。为此，妻子每次买东西，都叮咛女儿不要再"大方"了。但女儿一次也没记住。

今天下午，当女儿两手空空回来向我要东西吃时，我禁不住怒火升起，拎住女儿噼噼啪啪几巴掌。女儿被我打得哇哇大哭，嘴唇也破了，洇出一缕殷红。

但我却暴躁地不许女儿哭。懂事的女儿，怯怯地盯着我，真的一声不敢吭。女儿抽噎着，用心哭泣。我打女儿，只是想让她明白：这是"大

方"的结果!

我强行命令女儿在抽噎中睡去。

看着委屈中睡去的女儿两眼依然挂着泪珠，我禁不住热泪盈眶。

我哭了。从不掉泪的我哭了。

我愧对我的女儿。

我不该用我烦躁的心情来对待女儿明朗的心。

我不该用我们成人的狡猾与刻薄去沾染女儿的真诚。

女儿是对的。

女儿的心灵没有自私。女儿的心灵没有复杂。女儿的心灵是一片蓝天。

以后的日子，女儿依然和孩子们在一起玩耍。女儿依然把东西大大方方分给众伙伴吃。看着她与众伙伴兴高采烈的样子，我没有再去干涉。我突然觉得，从我身上失去的，恰巧在女儿身上找到。

那天，女儿当了一回我的老师。

女儿教会我该怎样做人。

难忘女儿心。

智慧就在于说出真理，按照自然行事，倾听自然的话。

——赫拉克利特

太阳出世

吃晚饭时，女儿却什么也懒得吃，本来就红的脸蛋越发红彤彤的。我原想女儿是不是感冒发烧了，问女儿，女儿不吭声。再问，女儿就"哇"地哭出声来。女儿说："我想——亲亲我弟弟！"

女儿6岁的那年，妻子又生下一个男孩，取名叫"若淏"。若淏是牛年生人，火命。我认为：火命需要水浇，牛又离不开草，于是取带"氵"带"艹"部首的字，象征富裕平安吉祥。"淏"是水清的意思，希望儿子长大后，无论为官，还是做一介草民，都必须像水一样清白。

儿子的降生，自然是一道阳光，普照着我们的家庭。多个儿子就多个话题。儿子的话题就像农忙的五月，我们挥汗如雨，汗流浃背，金黄的麦子和绿油油的禾苗，却让我们心底开花。说起儿子，我就想起池莉的中篇小说《太阳出世》。池莉在小说里把小孩降生比喻成太阳出世，真是再恰贴不过了。

我和妻子自然把心思放在儿子身上就多一些。疼爱儿女，是每个做父母的天性。

儿子两个月的时候，白白胖胖，惹人喜爱。尤其是妻子，把儿子看护得更紧。我觉得那是一种真正的母性迷醉。妻子守着儿子，恪尽职守，儿子的一举一动，尽收眼底。因此，有几次，6岁的女儿要亲吻她弟弟，都被妻子制止住了。女儿属猴的，天性好动，有高没低的，因而她亲近弟弟，我和妻子都有些不放心。每当女儿刚要触碰她弟弟，我和妻子都把她

呵斥住了。女儿每次都十分委屈地退到一边去。

我和妻子一亲吻儿子，女儿便在一边眼巴巴地看着，黑亮的眸子里溢着焦渴、羡慕的神采。

有一次，女儿趁我们没注意，偷偷要去亲吻她弟弟。幸亏妻子发现及时，"啪！"的一巴掌扇过去，才遏制住了"事态"的发生，女儿饱噙着的泪水在眼眶里直打转儿，却没有哭出声，显得可怜巴巴的。这件事情发生后，我和妻子谁也没往心里去。吃晚饭时，女儿却什么也懒得吃，本来就红的脸蛋越发红彤彤的。我原想女儿是不是感冒发烧了，问女儿，女儿不吭声。再问，女儿就"哇"地哭出声来。女儿说："我想——亲亲我弟弟！"

我的心猝然为之一颤，突然觉得有一股热热的东西在全身流遍。我和妻子是不是太自私了？我们只想到父爱母爱，却忽略了孩子之间的姐弟之情？我骤然觉得犯下了一个弥天错误！于是我诚心诚意向女儿承认了自己的过失，并让女儿去亲吻她的弟弟。

女儿轻轻捧着她弟弟，认认真真亲吻几下。那印在儿子脸颊上的几个湿漉漉的唇印，真是一幅绝妙无比的国画！女儿小嘴噏着，仿佛刚出壳的黄黄的鸟喙，样子虔诚可爱。

女儿那个夜晚吃饭格外香甜，入睡也格外早。在她临睡时，脸颊上还久久氤氲着红晕，睡态可人。

我忽然觉得人间的亲情就是一轮太阳，当太阳出世时，我们沐浴在春光里，生活无比美好。

真正高明的人，就是能够借助别人的智慧，来使自己不受蒙蔽的人。

——苏格拉底

做好人是一笔财富

有人只在乎遗传的结果，却没有人检点一下遗传的
"基因"。这一生，我不指望给儿子传下百万财产，
但我要做一位普普通通的好人。做好人是一笔财富。

　　儿子将近两岁的时候，个性已越来越鲜明。譬如儿子不喜欢的东西，
他会毫不客气地拒之千里；儿子不喜欢的人，他会连门槛都不让人家踏
进。邻居有位小女孩，因为喜欢儿子的缘故，每次来我家里玩耍，总喜欢
抱住儿子的脸蛋亲个没完，这惹得儿子极不高兴，很不耐烦，每当邻居的
那位小女孩再踏进我家的门，儿子总是摆出一副小大人模样，噘着小嘴，
非常认真地说："你走！你走！"每次都是连推带搡，非把人家赶出家门
不可！

　　儿子虽然小，但好奇心非常强。每当门口来个磨剪刀之类的江湖艺
人，他会眼巴巴地围看几个小时，直至艺人走出很远，仍是意犹未尽。适
逢有人在街头搞修配，哪怕风再大，天再冷，儿子都会津津有味地围在一
边，寸步不离。儿子看着别人忙忙碌碌，回家之后也非要实际操作一番不
可。儿子让我给他找出锤子、钳子之类的工具，模仿着看到的一幕，在板
凳上敲砸得"梆梆"有声。有一次，儿子竟然把几十根小钉子全部砸进了
板凳。没有亲眼所见，我根本不相信这是儿子所为。我当时只是想到，一
定是哪位手脚没处放的人，故意在板凳上"恶作剧"。妻子却一再声明这
千真万确是儿子的"杰作"。尽管如此，我还是半信半疑。我不相信不到
两岁的儿子会把一颗颗钉子，那么准确无误地砸进板凳里。一天，儿子又

在板凳上"梆梆"地忙活着什么。我近前一看，只见儿子一手拿着锤子，另一只手捏着钳子，儿子为了不让锤子砸着手，用钳子夹住钉子，正一下一下往板凳里砸钉子。那一瞬间，我为儿子的聪慧而感到由衷的自豪。

儿子小小的年纪就非常讲究条理。他骑童车，总喜欢固定地摆放在一个地方，头南尾北，倘若谁哪天改变了这个位置，他就会不顾一切地纠缠，直至把童车错误的方向再改变过来！

因此，儿子的认真，有时就让我觉得他有些任性，使我感到丝丝不快。儿子的某种思想没得到我们的认可，或是我们根本忽略了儿子的所思所想——这时的儿子，就会以一种特有的方式——扑通一声倒在地上，直至我们七哄八逗，他才从地上慢慢爬起来。

瞅着满身灰土的儿子，有年长的老人就戏谑地对我说道："真是不愧为遗传！不用学，你儿子就把你从小的模样又捡回来了！你肯定不记得了，从小有人一旦逗弄了你，你就会一下子倒在地上，啥时不哄劝，啥时不起来……"

当人们说这话时，我只感到心头热热的，似乎儿子的举动，一下子又拉近了我和童年的距离。我这才真切地感知什么叫"遗传"。有人只在乎遗传的结果，却没有人检点一下遗传的"基因"。这一生，我不指望给儿子传下百万财产，但我要做一位普普通通的好人。做好人是一笔财富。

儿子，愿你的身上遗传着这个吉祥的字眼！

凡过于把幸运之事归功于自己的聪明和智慧的人多半结局是不幸的。

——培根

情结难解

那时的我，完全进入一种创作境界，灵魂若灯笼，引领着我的躯壳，穿行游弋在语言文字的丛林里，流连忘返。

　　我对邮电行业产生很深的感情，始于初二的时候。初中二年级，因为贫困的家庭，苦难的父老乡亲，我对创作突然产生一种很强烈的冲动。我决计今生要当一名作家，用我手中的笔，去讴歌真善美，鞭挞假恶丑。在一个鹅毛大雪漫天飞舞的冬天，我枯坐灯下，熬了整个通宵，写了一篇反映城乡差别的短篇小说《城乡之间》。那时的我，完全进入一种创作境界，灵魂若灯笼，引领着我的躯壳，穿行游弋在语言文字的丛林里，流连忘返。在这物我两忘的境界里，似乎只听见一股天籁之音从远古向我走来，轻盈的雪片在窗外翩飞飘舞，轻吟浅唱，而我都顾不上了。当一篇五六千字的短篇小说刚刚杀青时，皑皑白雪过早地逼着黎明的晨光涂抹上了我的窗棂。这时整个的我，都被严寒的冬天包裹着，浑身僵硬，失去知觉。再看窗外，到处银装素裹。我头顶的小屋，也差点被厚重的积雪压塌下来……

　　我的那篇小说处女作，后来惨遭流产，被河南的《时代青年》退了稿。同时"祸不单行"，还遭到了一位老师的讽刺。老师的嘲讽更加坚定了我搞文学创作的信念。从此不断地读，不断地写。就从那时，我对邮局更加亲近起来。每当投稿之后，我总希望邮递员的出现，带给我一线绿色的希望。

屈指算来，我和邮电系统打交道也十余载了。在这十余年里，邮电系统的许多工作人员都成了我的好朋友，座上宾。我们的关系非同一般，胜似亲兄弟，若列名单，恐怕最低也有十几位。

今年元月份，多年罕见的一场大雪，铺天盖地将郑州城捂个结实，到处冰封地冻。一天，我骑着自行车到街头办事，刚支好车子走进商店，自行车却被一个人撞倒了。赶出来一看，自行车前的塑胶篓子，被磕碎了。再抬头一看，撞倒我自行车的，是一位着邮电工作装的年轻人，就连他的自行车和三角杠上吊着的帆布包，都闪烁着一簇邮电的绿色！毫无疑问，这是一位邮电工作人员。正当我要发火时，忽然一下子又鬼使神差般地熄灭下去。那位邮电人一迭声地向我道歉，并主动要求赔偿。我呢，不但没要他赔偿，反而还有一种很不好意思的感觉，自个儿掏钱包修好了那辆被撞坏的自行车。在一边看着的人都为我抱屈说："你这位同志真傻！他撞坏了你的自行车，天经地义由他掏钱修理嘛！"

我不置可否地笑笑，摇摇头。我所做的虽为区区小事，但有谁知道这区区小事，正是反映了我和邮电系统的难解情结呢？

身体虚弱，它将永远不会培养有活力的灵魂和智慧。

——卢梭

生命无常

侄女的尸棺被停放在村西的禾场上。那个夜晚没有月亮。黑黢黢的，还有冷风带着哨音，呜呜地四处乱窜。我守着尸棺，没有哭，我只是一遍又一遍抚着侄女冰凉的胸口，希望指间的温暖流遍她的全身，在深秋的季节里送她上路。

侄女的死在很大程度上都带有一种宿命的色彩。

侄女死于何年何月何日已记不清楚了。只依稀记得侄女的死与大嫂有关。那时的大嫂动辄因为鸡毛蒜皮的小事和大哥大吵大闹，往往把大哥骂得狗血喷头，大哥还得待在一边噤声不吭。倘若大哥惹怒了大嫂，大嫂就詈骂不绝，几天躺在床上任大哥哄劝。俗话说骄兵必败。正因为大嫂的骄气恣肆，后来才葬送了侄女的生命。

侄女死的那年已有十七八岁了。记不清因为什么事，大哥和大嫂吵了嘴。吵嘴之后的大嫂，几天不吃不喝，侄女几次劝她，都遭到大嫂的不理不睬。

侄女："妈，你和爸吵嘴，其实根本不怨爸。"

大嫂："我就知道你们父女是一条心！——你甭喊我'妈'！我不是你妈，你妈早已死了！"

侄女："让你死还不如让我死！"

侄女后来又劝了大嫂几次，大嫂仍是不听。

侄女就在秋天的那个下午喝了有机磷农药。没喝农药之前，谁也没看

出侄女异常。侄女在遭到大嫂的呵斥后，就把自己一个人关在小屋里睡了一个下午。侄女后来就喝了农药。侄女喝了农药后，还爬到她家的平房顶上帮我父亲捶了一会儿豆荚。侄女边捶豆荚，边泪水婆娑地对我父亲说："爷，你回头把我爸和我妈好好劝劝，别让他们再吵嘴了……"

侄女说这话时已"扑通"一声栽下了房顶。

事后，我老眼昏花的父亲回忆说，他当时实在没看清我侄女是一脚踏空栽下去的，还是侄女有意跳下去的。据我分析，侄女喝下的有机磷农药，那时正好发挥了作用……

那个秋天的下午，我二哥、三哥用架子车拉着侄女拼命往镇上奔。当跑到我的诊所时，侄女早已口吐白沫，昏迷不醒。我又忙着把侄女往镇医院转送。也该着出事。侄女被送到镇医院时，半天找不到值班医生；当找到值班医生时，药房里又没有了人；喊来了司药医生时，负责抢救器械的工作人员又无影无踪……这个倒霉、落后的腌臜医院，要人没人，要器械没器械，几个帮着抢救的医生询问了有关侄女的病情，忙碌了一通后，翻看侄女缩小的瞳孔，突然又不敢用大剂量的解毒药了。根据侄女从平房摔下去的病史，他们又怀疑侄女是不是有脑部外伤？如果有脑外伤，大剂量的解毒药反而加重病情。有了这种猜测，就得做这方面的检查。而确诊的最好依据是作CT检查。在这个条件相当落后的镇医院。根本没有CT这项设备。没办法，我和二哥、三哥连夜把侄女又送到几十里外的邻县县城医院。

想一想，这一切都是天意。当我们把侄女送到邻县医院后，病房里连一个空位都没有。就连医院的走廊上也住满了人。想在病房给侄女找到一个位置是根本不可能的。后来好不容易喊来了做CT的值班医生，一阵穷折腾，过去了两个多小时，当CT排除侄女的脑外伤后，再把侄女送到有机磷农药中毒专科急救，侄女已不行了。侄女全身乌紫，呼吸困难，心跳微弱。值班医生一阵心脏按压，仍是没能让侄女的心脏再一次跳动起来。

侄女临死的时候，断断续续地喃喃："佬……我冷……"

值班医生无限惋惜地说："太晚了，如果早来半个小时，我们就会把她抢救过来……"

侄女就这样走了。

大嫂、二哥和三哥捧头大哭，哭我那躺在病榻上却已不在了人间的侄女……

唯独我没有哭。不是我无情。而是职业的原因，我见这样的场面太多了，对生死早已比别人多了一份接受的心理准备。虽然我没有哭，但我的心无比沉重，仿佛一堵墙重重地压着。我觉得天上人间，生死轮回，谁也逃不脱这个劫数。譬如侄女，她的死从始至终只是被安排得太"巧"了，以致巧得出了错误，错误得周周密密，让我们这么多的亲人在一边眼睁睁瞅着，却无法插手过问她的生命。我现在唯一要做的，就是必须制止号啕恸哭的大嫂、二哥和三哥，不能惊动了院方更多的人。我们这里有明文规定，凡是在医院里过世的人都必须进太平间焚化。我们必须想个法子，把尸骨未寒的侄女偷偷运出医院，运回老家。否则，侄女就成了客死他乡的孤魂野鬼了。

侄女的尸棺被停放在村西的禾场上。那个夜晚没有月亮。黑黢黢的，还有冷风带着哨音，呜呜地四处乱窜。我守着尸棺，没有哭，我只是一遍又一遍抚着侄女冰凉的胸口，希望指间的温暖流遍她的全身，在深秋的季节里送她上路。安葬侄女的时候，侄女的爷爷哭了，侄女的爸爸哭了，侄女的妈妈哭了，侄女所有的亲人都哭了。而我还是没有哭出声。我只是默默地拾起侄女的一帧相片，任泪水顺着腮颊恣意流淌。我把侄女的相片一直珍藏在我的相册里。这帧相片，便如侄女的生命之花，在我记忆深处永远固定成为一朵标本。

想起侄女，我常常翻看相册。翻看相册，我常常想起侄女。

时常听有人说："×××昨夜死了……""×××睡前还吃了两碗面条，第二天就没起床了……""×××一小时前还在干活……"

记得台湾著名女歌星伊能静在怀念她逝去的父亲时幽幽地写道："……昨天还在眼前，今天的电话却不知往哪儿打……"

想一想，生命真是无常呵！

今日水村飞出的"金凤凰"

在我数十年的创作年限里，限于孤陋寡闻，我还是第一次听说村办报纸。因此，对于《今日水村》的主办者，我竟然有了几分肃然起敬，对这份报纸也就怀了几分好奇。

　　认识《今日水村》是在 2010 年上半年，有位热心文友给了该报电子邮箱，希望我有合适的作品发过去。说实话，当我获知这是一家村办报纸时，内心有些犹豫。犹豫的原因，一是自恃"成名成家"的我，早已过了满足发表作品的欲望，作为村办报纸，我对其办报水准多少持怀疑态度；二是这年头期刊市场不景气，很多报刊连生存都难以为继，一份村办报纸又能有多大作为呢？但转念一想，我是从农村走出来的，我的骨髓里永远与农村有着割舍不掉的关联，正因为是村办报纸，我更应该支持它才对。更何况，在我数十年的创作年限里，限于孤陋寡闻，我还是第一次听说村办报纸。因此，对于《今日水村》的主办者，我竟然有了几分肃然起敬，对这份报纸也就怀了几分好奇。

　　就是在这种情况下，我试着给《今日水村》投去了几篇小稿，并且很快发表出来，我与《今日水村》的关系就这样建立起来了。在以后的几次投稿中，《今日水村》总编陈满善先生，多次写信对我投稿支持表示感谢。从每一封信件中，我感到了他们严谨认真的工作态度，诚恳待人的拳拳之忱。从收到的每一期样报上，我欣喜地发现，《今日水村》的办报水准越来越高，内容愈加丰富多彩，既有老百姓普遍关心的时事政治，又有与日常生活紧密相关的小常识、小窍门，还有丰富百姓业余生活的才艺汇展。第四版是"副刊版"，但副刊不"副"，所选作品进一步增强了本报的可读性，提高了品位。由于《今日水村》秉持"立足本村，面向社会"的选稿宗旨，不拘泥于一格，其开阔的视野、高远的思路决定了其不俗的品质。据我所知，广东的郑小琼、河南的蒋珠莉、澳门的黎德义等成熟作家，均在该报发表了作品。

如今，《今日水村》迎来了她的第八个"生日"，整整出刊了 200 期，"八"是个颇为吉祥的数字，"200"也足以说明了跨度的概念。在纸质媒体前景黯淡的今天，《今日水村》本着"贴近时代，贴近生活"的原则，严把质量关，选出了众多集思想性、知识性、趣味性、生活性等于一体的高质量稿件，稳步走到如今，实属不易。《今日水村》吸引了更多省内外读者的关注，便是其成功办报的佐证。

"苔花如米小，也学牡丹开。"衷心祝愿《今日水村》越办越好，日益丰茂，未来更加光彩夺目！愿"今日水村"早日飞出一只"金凤凰"！

比荣誉、美酒、爱情和智慧更宝贵、更使人幸福的东西是我的友谊。

——海塞

声 音

这声音是一个民族荡气回肠的"魂"，这声音逼透云层，辐射辽远，让所有热爱和平的人看到了希望，让世界上任何不义之师都要肝裂魄散，胆颤心寒！

每日天未亮，我都要被一阵口号声"喊"醒。那是一队军队在出早操。

"一！——二！——三！——四！——"雄壮有力的口号声，伴随整齐的脚步，仿佛波浪滔天，穿过楼群，久久震荡在城市的上空。

这声音，让我感受到城市的美丽全孕育在这一瞬间了；这声音，让我体会到了城市的一份无法衬托的宁静；这声音，让我触摸到了生命本真的一份无法掩饰的勃勃生机；这声音，让我缔造崭新的一天正悄然酝酿成熟；这声音更让我看到渴望和平的一抹曙色，正爬上我的窗棂……

这声音，虽不如《莫斯科郊外的晚上》惆怅，苍黄，万人传唱，但这声音却是人类乃至整个宇宙中的声音之"最"，是所有声音升华后的精华。这声音是一个民族荡气回肠的"魂"，这声音逼透云层，辐射辽远，让所有热爱和平的人看到了希望，让世界上任何不义之师都要肝裂魄散，胆颤心寒！

我是炎黄子孙，理所当然地要把学到的知识全部奉献给我亲爱的祖国。

——李四光

跋涉中的印痕

那份恣肆汪洋，那份情真意切，汇聚成一种无法抗拒的力量浸染着你，拍打着你，震撼着你。

贴着大地行走

在创作中，我不反对任何形式的花样翻新，但我更喜欢关注现实、反映社会最底层生活的作品。当今时代，贴着大地行走是对浮躁的一种积极回应，也是写作者的一种姿态。

我的同事朱金岭转来一部书稿，希望我给这部中短篇小说集《绿叶在清唱》写序。说实话，此前我很少给别人写序，也曾有朋友表达过请我写序的愿望，但均被我婉言谢绝了。我总认为，我是一位缺少理论体系的人，作家和理论家是两个不同的概念和范畴，让我写序，委实有些赶鸭子上架。好在，我的同事是位热心人，作者李慎之、李荣德又与我都是写小说的同道者，短暂的犹豫中，我还是欣然应允了。

坦率地说，我真正关注李慎之、李荣德是从这部《绿叶在清唱》开始的。此前，我也曾留意到作者出版的长篇小说《红苹果》等，但仅仅是匆匆浏览而过。这次得以集中阅读作者的中短篇小说集，感到作者的语言充满张力，叙事更加从容，创作技巧更加成熟，令我欣喜，令我扼腕。作者的这十部中短篇小说，均是取材于农村，作者将自己敏锐的艺术视角触及社会最底层，用充满质感的"原生态"语言，为我们描摹、勾勒出一幅幅栩栩如生的乡村画卷。

《老水牛》是那个特殊年代的一个缩影或映照，因为掺杂政治色彩，老水牛却成了无辜的牺牲者。老水牛因为抵伤队上的红人——大队一把手的哥哥，一下子成为公众聚焦的角色，大家就是否杀牛展开了激烈的讨论，并最终形成一致意见：将它交给地主青年季八炮使唤，先试用一段时间再下定论。于是老水牛既成了季八炮和花儿的"爱情使者"，也成了生产队长大金牙的三弟老鳖精追求花儿的绊脚石。于是，一场如何养牛、护牛与杀牛的悲剧，在季八炮、花儿和老鳖精等人身上就不可避免地上演了。老水牛的悲惨际遇，反映了那个特殊年代下人性的扭曲，真与假、善与恶、爱与恨常常交织在一起……米兰·昆德拉曾说过，"小说家既非历史学家，又非预言家：他是存在的探究者。"那个年代的是非曲直，历史早有定论。作者李慎之、李荣德为我们真实地还原、再现了那个年代的生活情景及生存状态，唱一支扭曲下的心灵之歌，是对生活在今天的人们，提供了对那个年代更进一步的探究之旅。看似土气而愈土愈扬，这好像是又一部《平凡的世界》问世。

《搭羊台》是一篇新型爱情故事。羊在本篇故事中不仅表现了勇斗大灰狼的英雄气概，而且还像评剧经典剧目《花为媒》一样，成了张山娃美满婚姻的载体。在这篇作品中，灵芝的着墨并不是很多，但一个活泼、开朗、聪慧的姑娘形象跃然纸上。灵芝"搭羊台"不仅让母亲与张山娃"有情人终成眷属"，也为自己的爱情婚姻寻找到了"另一半"。作品充溢着轻松、幽默、诙谐的喜剧氛围。

百年大计，教育为本。教育，一直被提到我国重要的议事日程，重视山区教育也是我们常抓不懈的问题。在这部中短篇小说集中，我比较喜欢《绿叶在清唱》。心灵手巧的丹丹，在山外的学校里品学兼优，但妈妈的一场意外事故，使她不得不回家担起了生活的担子。有志的丹丹，不仅回家放牛挣工分，帮助照看弟弟，后来还义务承担起了教育山里孩子的重任。丹丹用自己独特的教学方式和爱心深得孩子们的拥戴，并与他们融为一体，直至结婚仍然献身这里的教育事业。从丹丹的身上，我看到了未来的希望之光。为了山区的教育事业，丹丹仿佛一株红艳艳的山丹丹盛开在小山村里，成为这里一道最美丽的风景。

这部作品集中，《桃花溪》《老磨坊》等篇也都属于可圈可点之作，值得我们认真阅读和探讨。谈作品，似乎最不应该绕开的话题是作者的语言。作者的语言，鲜活，灵动，珠圆玉润，可触可摸。如：半斤白酒下

肚，张骡子是红光满面，话就多起来："……哎呀，这队长的三弟嘛，准确说是大队主任的小弟，是咱老张看着长大的，从小就聪明过人，不是有人说过'这缩小了的都精明嘛'，三四岁都会搬椅子到鸡窝里拿鸡蛋，背着大人到邻居家煮着吃。花儿要是嫁给三儿，吃不愁，穿不忧，算是掉进蜜罐里啦……"（见《老水牛》）寥寥数语为我们勾勒出了一个从小就痞性十足的人物形象。再如：鸡叫三遍。张三娃揉揉眼，欠起身，"刺啦"一声擦着火柴，点亮了煤油灯，从窗棂子向外打探。只要能将清十步之遥那两绺美轮美奂的蓑草，就该行动了。四周黑黢黢的，年老昏聩的打鸣鸡只要上火头黑儿没休息好，就常常报错时间，他能校对，天还早哩，往下一歪，又迷糊一会儿……（见《搭羊台》）生动精彩的文章开头，一下子抓住了读者的阅读欲望。又如：丹丹勾着头，一直用脚尖在地上来回驱，驱出了一条沟……一抬头，流光一闪……她看见了：在那窗户的破纸洞里，那窗框缝里，那门框缝里，有一只只眼睛，她可以给每只眼睛叫出每个名字来。她流下泪来，她看清楚啦，禁不住心头一抖，在那破纸洞里那窗框缝里的，正正的、竖竖的、带角度的只只小眼睛里，喷射出渴望企盼之光……（见《绿叶在清唱》）鲜活的细节描写，表达了丹丹此刻复杂的心境和对孩子们不忍离弃的情感。那只只小眼睛里喷射出的渴望企盼之光，似乎洞穿我们每个人的心灵，让我们为之震颤。

综观作者的十部中短篇小说，其叙事语言是"原生态"的，既增加了作品的可读性，也形成了独具魅力的艺术特色。当然，方言俚语的大量运用也容易造成阅读障碍，处理不当会影响整篇文章的艺术感染力。这部中短篇小说集，有的篇章题材并不是很新，主旨有待挖掘，在铺陈叙事上有的线条过于粗放，若能够注意工笔与写意的有机结合效果会更好一些。在创作中，我不反对任何形式的花样翻新，但我更喜欢关注现实、反映社会最底层生活的作品。当今时代，贴着大地行走是对浮躁的一种积极回应，也是写作者的一种姿态。作者李慎之、李荣德正在这样努力着，行走着。

大生态文学与作家的责任感

希望更多有识之士多关注环保，希望更多有责任感的
作家倾力于大生态文学创作。为了地球，为了人类，
为了我们的绿色家园，为了大家共同的健康，我们需
要堂吉诃德式的人物——拯救绿色，其实就是拯救我
们人类！

  2008 年，李慎之、李荣德出版了中短篇小说集《绿叶在清唱》，是由
我写的序言。那部作品集把时光隧道锁定于山在欢呼水在歌唱的岁月里，
共收集了十篇同类作品，如同集同类十树于一隅，折射出那片时代森林之
光，收到了较好的反馈效果。时隔一年，李慎之、李荣德又推出长篇小说
《山里娃》，并独辟蹊径，步入另一番新天地里去，找了一个很不好写的角
度下笔成文，嘱我再次为其写序。作为朋友，我愿意絮絮叨叨谈一点个人
感受，虽是与作品有关或无关的话题，但也算是由作品带给我的启发吧。

  作者李慎之、李荣德是正儿八经从豫西山区走出的山里娃。他们做过
农民，在机关单位上过班，开过公司……特殊的生活经历，赋予了他们大
山一样的精神和禀赋，因此在他们的身上，总是更多地呈现出草根精神与
平民情怀。他们的笔下，多是对底层人物的关注，多是对当今时代的忠实
记录，多是对人们普遍关注的社会现象进行有益的剖析与探索。

  作为一家实业的高管，作者与我在一起，谈论更多的，是对现实人类
环境的忧虑，其言其行，可见其社会责任感与忧患意识。作者曾数度表达
他们要搞一家绿色食品公司，用纯中药防治病虫害，解决水土改良问题，
培植绿色食品，从根本上切断食品污染源，以期提高人们的环保意识，还
人们一个健康的饮食链条，切实保障民族的整体素质。作者并不仅仅停留

在说教的层面上，而是以实际行动诠释、搭建他们的人生坐标。如今，作者不仅正一步步朝他们的理想靠近，而且很快拿出一部洋洋洒洒近 20 万言的长篇小说摆放在我们面前，张扬"大生态文学"的理想——我赞成将这部作品归为"大生态文学"的范畴。

关于生态，应该是一个老生常谈、但又不得不谈的话题。因为人类活动无法遵循应有的规律，我们的生活环境出现了一系列连锁反应：由于人们过度地放牧、耕作、滥垦滥伐等人为因素和一系列自然因素的共同作用，全球土地面积的 15% 已因人类活动而遭到不同程度的退化，70% 的农用干旱地和半干旱地已沙漠化；森林被誉为"地球之肺""大自然的总调度室"，由于人类的大量砍伐和毁坏，已使全世界约 800 万平方千米的森林面积锐减为现在的 280 万平方千米，而且目前仍在以每年 20 万平方千米的数量消失；生物多样性的存在对进化和保护生物圈的生命维持系统具有不可替代的作用，由于生态环境的丧失、对资源的过分开发、环境污染等原因，据专家估计，全世界每天将有 40 ~ 140 个物种消失……生态环境的破坏，自然会带来一系列恶果：物种的濒临灭绝、南北极冰川融化、海啸、飓风、地震、基因突变、癌症、SARS 等，还有现在全球呈现蔓延趋势的甲型 H1N1 流感病毒，以及随时莫名袭来的各类疾病和自然灾害等，正在以前所未有的姿态威胁、吞噬着我们的生命与健康。

现在读李慎之、李荣德的长篇小说《山里娃》，就又多给了我一份启示与警醒的意义，使我们本就脆弱敏感的神经，又一次真实地体验到现有的生态环境带给我们的震颤与震撼。《山里娃》的作者没有像其他故事高手那样，为我们设置跌宕起伏的故事情节，展示激烈的矛盾冲突，演绎大起大落的人物命运，而是采用传统的单线条式的结构方式，在平静而略显舒缓的叙述中，通过一群"山里娃"与病魔的抗争，展现了他们对命运的不屈精神，表达了作者对我们生存环境的焦虑与呼唤。小说前面用了较大篇幅去极致化地展现凄惨萧条景象，看似铺垫偏重，恰恰却收到了曲径通幽、"风吹草低见牛羊"的效果。作者力求以最简约的笔触和串缀，让小人物、小细节、小逻辑来推动完成一个大概念、大行囊的运行轨迹。故事从一群知青插队写起，知青杨眉与当地的返乡青年林青有了情感上的联系，通过缠绵悱恻的爱情，组建了在世俗眼中存在城乡差别而不般配的幸福家庭。不幸的是，后来的林青竟然患上了癌症，使这个家庭结构倾斜复倾斜。而最让人不能接受的是，这个村子竟然有很多人都患上了癌症。为了切断饮食污染链条，林青大胆地作了个决定：带领"癌症村"的患者上山到菊花洞治病。林青与这群癌症患者，在山上亲手培育种植各类中草药，通过中医及"无公害""有机"等手段治病养病，在原生态的净化环境中，经过一段时间的努力尝试，终于战胜病魔，并从中得到启发，最终拥有了为人类健康谋福祉的"生态农业集团"。

中国是一个以农业社会为主的国家，已经走了 20 多年的化学农业之路，土地日趋板结，化学残留物正以不可阻挡之势渗透到人们生活的角角落落。我们吃的蔬菜里残留有杀虫剂，馒头里掺有硫磺、滑石粉、增白粉，猪肉里含有瘦肉精，辣椒油里含有苏丹红……8 岁男孩长胡须、7 岁女孩来月经等，已成为见怪不怪的事情。正如时下所言，如果说"一杯葡萄酒救了一个多病的法国民族"，"一杯牛奶挽救了一个低个子的日本民族"，如果说先进的国家已经在研究"屁的污染和狗屎的污染"问题，那么我们当务之急应该研究解决的是"化学农业初级阶段的严重污染"问题！由于生态环境的破坏，水与土壤的严重污染，生物与食物链条的肆意改变等，各种稀奇古怪的疾病接踵而至，癌症的发病率居高不下已成为当下不可回避的问题。

引用文中的下列数字，可以使我们对癌症有一个更为清晰、清醒的认识："……根据1996 年全世界人口统计数字为60 亿来预测现在数字为65 亿，根据目前肿瘤病人的统计，若按高端区 2% 来计算那将是 1.3 亿人，若按低端区 1‰来计算那将是 650 万人，保守地取其中间数来计算那将是 6825 万人。在人类近代史上，第一次世界大战中消亡人数是 2300 万人，第二次世界大战中消亡人数是 8000 万人（其中中国战场上是 3000 万人），其中纳粹的赫尔辛基集中营被称为最厉害的人类屠宰场（杀人如麻），希特勒政策杀死犹太人的数字是 1000 万人。从以上两组数据比较来看，我们说癌症是威胁人类生命的第一杀手，它远比战争来得更恐怖更可怕更厉害……"

就我目前有限的阅读范围，李慎之、李荣德的长篇小说《山里娃》，

是第一部集中反映因饮食、环境污染而导致大量癌症并发的长篇小说。可以这么说，这应该算是一部融文学性、科普性于一体的长篇小说。小说中大量运用了中医学、医药学、植物学、建筑学、地质学等方面的专业知识，显示了作者宽广的知识面和丰厚的艺术素养。在这部作品中，我比较喜欢林青这一人物形象。林青果敢、坚毅、睿智，是一位有知识、有思想、有见地、有魄力、富于开拓进取精神的人。为了同病魔作斗争，使不幸患上癌症的人们早日康复，他不惜冒险，甚至在某些方面作出了必要的牺牲，并最终取得伟大的胜利。作品讴歌了身居陋室、肩膀不宽而主动担当起道义与责任的普通农民本质。林青是一群山里娃的代表人物，也是作者通过作品着力塑造并寄予理想追求的精神物象。长期以来，作者一直关注人们的生活健康，对当今生态环境的破坏始终忧心忡忡。如今，他们适时推出长篇小说《山里娃》，旨在唤醒更多的人积极投入到绿色的环保事业中来。我很钦佩作者的这种社会责任感与使命意识。

我向来认为，作为一名有责任感的作家，理应关注现实，关注社会，关注生活，这样的作品才能经得起时间的检验，才能更有生命力。这是作家的创作态度问题。这里，我不想对作品本身作过多的探究与评判。文章千解。正所谓仁者见仁智者见智。每个人都会以独有的生活体验和解读方式，获得与之相应的阅读效果。我想说的是，作为大生态文学，《山里娃》这部作品已显现出文学的力量。起码，它会呼唤更多的人投身于这场轰轰烈烈的"绿色革命"风暴中来。

米兰·昆德拉在与克里斯蒂安·萨尔蒙的谈话中说："……地球上发生的任何一件事都不再是区域性的了，所有的灾难都会涉及全世界，而作为结果，我们越来越受到外界的制约，受到任何人都无法逃避的处境的制约，而且这些处境使我们越来越变得人人相似。"（见《小说的艺术》，上海译文出版社，2004年8月第1版，第34页）希望更多有识之士多关注环保，希望更多有责任感的作家倾力于大生态文学创作。为了地球，为了人类，为了我们的绿色家园，为了大家共同的健康，我们需要堂吉诃德式的人物——拯救绿色，其实就是拯救我们人类！由此，文学的意义足矣。

跋涉中的印痕

读徐涛的诗作，让你感觉到诗人和生活贴得很近，他是在用心、用情、用意为我们构筑一道道精神的篱笆，让我们在母语里尽情享受由文字编织所带来的快乐与温馨。

  徐涛曾对我说，他是把文学当宗教，当信仰，当一生的伴侣。这话听起来带有几分悲壮的味道，很有些像圣徒的誓言。事实上，徐涛跋涉在创作之路上，孜孜矻矻，一直以实际行动印证着他对文学的这份虔诚。

  我与徐涛相识于 1992 年 6 月的《莽原》文学培训班上。初识徐涛，感觉他是一位忠厚、实在、对文学满怀赤诚的人。那时我还在小镇上开着一家诊所。因为是邻县，我们文友之间偶或有一些走动，喝酒聊天，畅谈文学，纵论人生，那份融融情感，至今令人回味、十分留恋。后来，我辗转到省城发展了，徐涛也因生计问题四处漂泊。间或有电话联系和信函往来。这期间，尽管生存环境较为艰难，但徐涛的写作始终没有放弃，梦想不曾间断，且歌且吟，取得了不菲的成绩。

  2002 年 7 月，徐涛在江苏无锡打工时，出版了第一本个人诗歌作品集《爱情·乡谣及其它》（中国文联出版社），这标志着徐涛的创作日趋成熟和质的飞跃。当我接到文友徐涛的赠书，先是感佩，继而感动。感佩的是作者对文学创作的执着。感动的是手头拮据的徐涛，出书竟是靠着打工和亲友的帮忙实现的。在物欲横流的今天，有了这番执着的追求，我们没有理由不相信，徐涛在文学之路上一定会走得更远，更美的风景会离他越来

越近。

《文学的印痕》是徐涛的第二本作品集。本书收录了作者近年来创作、发表的评论、随笔、诗歌等近百篇（首）。我曾在几位朋友面前探讨过徐涛的为人及为文。平民精神与草根意识始终贯穿在他的创作中。在他的身上，足以体现当今时代的文人风貌与草根文化创作的诗人品质。生活中的徐涛是坚韧的，厚道的，甚至有些不善言辞，但他的诗（如《爱情》《豫南·茶乡》《渔家傲》《淮河，我故乡的河》等）却写得洗练空灵，意境优美，蕴含丰厚，生活气息较为浓郁，让你在不尽的阅读中不断获得美的享受；而有的诗（如《怀念屈原》《象棋启示录》《关注科索沃》《我残疾的妹妹》等），让你强烈地感受到，这位性格有些内敛的乡村诗人，似乎将自己满腔的情感都倾注在作品中，那份恣肆汪洋，那份情真意切，汇聚成一种无法抗拒的力量浸染着你，拍打着你，震撼着你。读徐涛的诗作，让你感觉到诗人和生活贴得很近，他是在用心、用情、用意为我们构筑一道道精神的篱笆，让我们在母语里尽情享受由文字编织所带来的快乐与温馨。

《文学的印痕》是一本综合作品集，虽然有些"杂"，但这份"杂"不是"为赋新词强说愁"的杂糅，它较全面、深刻地为我们展现、阐释了作者的人生态度，忠实地记录了作者在文学创作活动中的点点滴滴，为我们呈现了一道了解社会的多元图景，让我们在跋涉者的每一步印痕中，捡拾更多闪光的珠贝。在这本作品集里，我不仅领略了徐涛的精短诗作，更集中研读了他的部分文章，即便是一篇短小的《祭祖文》也让我对他刮目相看。徐涛的阅历，徐涛的知识面，徐涛深厚的古文功底，已为他作了充裕的创作准备，信手拈来的一个素材，在他的笔下都变得很有意趣。说"杂"，绝对没有贬低或不屑的色彩，它有力地证明了徐涛在创作上是个多面手，让我看到了他的才情，显现了他不可小觑的艺术禀赋。这部作品集，将是徐涛的一次创作转折，或曰新的起点。

在《文学的印痕》里，我很吃惊、也很高兴地看到作者的评论潜质。此前，我仅仅知道徐涛的诗歌创作已渐臻佳境，对他的评论知之不多。但他的评论，像《永远的海子》《局部的田君》《解读温青》《一路风尘的歌者》《书写传奇的人》等篇章，条分缕析，深刻到位，令人信服。我曾与作者交流过，信阳不缺诗人，但缺少纯粹意义上的评论家。倘若徐涛能在这方面潜心研究，有所突破，假以时日，信阳的文坛，定会形成真正意义上的百花齐放，百花争艳，而热闹异常……

上天赋予的生命，就是要为人类的繁荣和平和幸福而奉献。

——松下幸之助

邹相：文学朝圣路上的"80后"

正所谓"惺惺惜惺惺，好汉识好汉"，因为对文学的执着与追求，朝圣路上，我和邹相倒成了名副其实的"忘年交"。我们徜徉在文学的海洋里，翱翔在创作的天空中，分享着彼此的收获与期冀。

邹相在电话里告诉我，他准备出版一本个人文学作品集，并希望我能为他的作品集作序。对此，我表示大力支持和热烈祝贺。邹相是一位勤奋文学的种植者，无论是在菁菁校园，还是走向工作岗位，他都能利用有限的业余时间，勤奋读书，笔耕不辍，时有斩获。现在，他是到了该把以前的文学作品梳理整合的时候了。以前是播种的过程，现在是收获的季节。正所谓"种瓜得瓜，种豆得豆"，邹相此番作品集的出版，也算是对以往的文学创作作一次完美的总结。

3年前，我与邹相在同一个办公室办公，年轻帅气的他总是活力四射，充满激情。毕业于工科专业的他，在电脑技术方面知之甚多，经常为同事们解决各类电脑操作技术问题，受到大家的好评和赞许。当时，我并不知道邹相喜欢文学写作。后来，我偶然在网上看到他的一篇名为《适应失败》的文章，觉得其文笔精练流畅，思想、思维均比较活跃。通过深谈才得知，邹相也是一位"文学发烧友"，在大学期间一直担任校刊编辑，曾多次获得大学征文奖。

邹相是一位勤学好问的青年人，他经常找我探讨一些有关文学方面的话题，每次都很虔诚地听取我对某一问题的见解或建议。2007年5月份的时候，他写了一篇关于我的文学作品的评论性文章——《依然行走在朝圣路上》，并在河南省新乡市文联《牧野》杂志上发表。我认真地读了那篇文章，发现邹相在文学理论架构方面具有一定的潜质，他善于观察，敏于思考，对作品的思想内涵、艺术技巧等，均有自己独特的体悟和精准的把握。之后，他又在许多报刊上发表多篇文章，并且作品日趋成熟，让人为之欢欣鼓舞。

后来，由于工作原因，邹相离开了单位，另谋高就。但这并没有阻碍我们之间友谊的继续。每隔一两个月，邹相便会约我小聚闲谈，或请教文学问题，或畅谈人生理想。每每看到他那充满自信和坚毅的面庞，我有时都在想：作为"80后"的邹相，有思想，有志向，对生活、工作、情感踌躇满志，又岂会畏惧艰难险阻呢？年轻的邹相还有什么理由不走向成功呢？正所谓"惺惺惜惺惺，好汉识好汉"，因为对文学的执着与追求，朝圣路上，我和邹相倒成了名副其实的"忘年交"。我们徜徉在文学的海洋里，翱翔在创作的天空中，分享着彼此的收获与期冀。

邹相请我为他的作品集《风雨花》作序时，正值我工作最为繁忙之际，但我还是爽快地答应下来。作序倒是称不上的，权且算是写一写与邹相交往间的点滴印象吧！

《风雨花》这个题目，应该代表邹相的精神状态，"既然选择了前方，就应该风雨兼程"，他始终对未来充满信心，对生活充满激情。在这本文集里，有他在大学期间所写的几篇散文，朴实无华，却充满真情实感；有他近年来的散文随笔作品，以情感为主线，读来朗朗上口，真情流露其中；有他的一些新闻时评作品，文风犀利，用语铿锵，读来畅快淋漓；有他的部分诗歌作品，或喜或忧，感情丰富饱满；有他的小说故事作品，以关注弱势群体为主线，风格洒脱，逻辑清晰；有他关于佛学的认知文章，自然平实，言简意赅……

如今的邹相，像一只辛勤的蜜蜂，正扑棱着一对翅膀，在文学的阡陌小径上且歌且吟，自由飞翔，人生的路途上，虽然还有更多的地方等待他去发现，去探索，但我相信，即便满是荆棘坎坷，他依旧会奋勇向前——远方向他走来的，定会是一道更美的风景，鲜花艳丽，芳香扑鼻。

"路漫漫其修远兮，吾将上下而求索"，借用此句送给邹相，希望他在以后的文学创作道路上一路高歌，硕果累累。

一份诗意的力量

我认为《午后的玫瑰》是在生命旅程中一次燃烧后的凝结和升华，是对生命死亡的又一次提炼吟唱！没有和死神拥抱的人，绝不会写出如此大彻大悟、真切感人的诗章来。

　　我是一口气读完康丽的叙事长诗《午后的玫瑰》的。这么多年，我很少写诗，读的也相对少了，但真正像《午后的玫瑰》这样紧紧揪住我一口气读完的，并不多。我读罢康丽的《午后的玫瑰》后记，才读叙事长诗《午后的玫瑰》，在题记中，我这才知道康丽不幸患了恶性肿瘤，1998 年 11 月 2 日，在长达 6 个半小时的手术之后，康丽经受了凤凰涅槃一样的洗礼，终于又一次于烈火中诞生，于是产生了这首叙事长诗《午后的玫瑰》。我是带着一种凝重的心绪去读《午后的玫瑰》的，读着读着，禁不住热泪盈眶，掩卷之后，长久沉浸在无言的状态中……

　　一首诗，能够如此打动读者，这恐怕就是《午后的玫瑰》所千锤百炼出的一份诗意的力量吧？

　　我认为《午后的玫瑰》是在生命旅程中一次燃烧后的凝结和升华；是对生命死亡的又一次提炼吟唱！没有和死神拥抱的人，绝不会写出如此大彻大悟、真切感人的诗章来。

　　"我的妹妹为了吉祥/用五彩的丝线/将我纷乱的长发扎成 6 条小辫子/这五彩的线条戴在我的头上/像彩虹一样在我和亲人们心中升起/这深深的祝福流遍了我的全身"。可以说，这是人世至纯至美的祝福！"无影灯下手术台上/生与死 成功与失败/在一把刀间游刃"没有徘徊在死亡门槛边缘的人，绝不会把生死之间、成与败，感悟得如此透彻！"我感到我像一片无奈的落叶/被众人小心翼翼地托着""……守候在门外的亲人/坐在连椅上或者站在拥挤的走廊里/他们心中装着更沉重的疼痛/和我一样在时光中沉浮""很多天后我看到儿子房间的香火/灰烬中弥漫着一缕缕的忧伤/我想象不出一个19岁的青年/该怎样向上苍祈祷……"只有康丽这样"接近死亡又逃出死神之手"的人，才能把人世间的亲情捕捉、咏唱得酣畅淋漓，血浓于水。读这样的诗句，我们承载情感的生命枝头，不得不沉甸甸的。请看："……这一次大难不死的经历/是我一生的财富/我目睹了死亡的面貌/在死亡面前保持了清醒/我会在高处善待芸芸众生……"够了，一首诗，又一次警醒人们如何善待生命，关怀人生，还不够吗？

我不是一位纯粹的诗人，且让我以诗人的名义，对康丽赋予我们生命意义上的一份诗意的力量，礼赞！

为人类的幸福而劳动，这是多么壮丽的事业，这个目的有多么伟大！

——圣西门

再读韩英

通过交往，透过作品，我能感知韩英先生无论为官、为文，还是为人，都是严谨认真的。水管里流出的是水，血管里流出的是血。他严谨认真的工作态度、生活态度，使得他的作品充满着强烈的社会责任感和忧患意识。

　　韩英先生来信说要出一本《韩英微型小说百篇》（评点版）作品集，嘱我为其点评 1～2 篇微型小说，我欣然应允。说实话，我这几年因一直忙于编杂志，很少写作了，尤其是微型小说。写评论方面的文字，更是少之又少。我一直认为我在理论体系方面缺少架构。但韩英先生让我为其写点评，我在惶惶然中恭敬不如从命了。韩英的文学创作活动，作为一种"官员文化现象"，早已引起文坛的瞩目，我对韩英的总体评价也不是三言两语就完全可以说透彻的。

　　我和韩英先生相识是在十几年前的一次创作笔会上。在此之前，我就知道韩英先生身居佛山市委副书记、佛山市人大常委会主任等要职。一个真正的从政者，在地方党政领导岗位上任职，长达 30 来年，竟然在繁忙的工作之余，创作出 300 余万字的文学作品，并且不断地被转载、评介等，实属不易。那次笔会之后，我和韩英先生偶尔也通一通电话，韩英先生也把他新出的作品集不断地寄给我。韩英工作之勤奋，创作之刻苦，令人肃然起敬。通过交往，透过作品，我能感知韩英先生无论为官、为文，还是为人，都是严谨认真的。水管里流出的是水，血管里流出的是血。他严谨认真的工作态度、生活态度，使得他的作品充满着强烈的社会责任感和忧患意识。

《田的梦幻》是一篇亦真亦幻的微型小说。作品写了主人公韦先生生病出院后，被转到一个山清水秀的地方休养。偶然的一天，韦先生发现了一块田园，"那田成方，那树成行。那田里是绿油油的禾苗，那树上是金灿灿的果子……"然而好景不长，韦先生却又发现在田里盖起了工厂，那工厂的烟囱和排出的废水，一下子击碎了韦先生心中梦幻般的境界，韦先生又一次病倒了。

在这篇作品里，作者为我们提出了一个尤为敏锐而深刻的社会问题：在人口急剧膨胀的当今时代，我们如何解决因人口急剧增长而面临的生存问题？关于这个问题，在建国初期，马寅初的《新人口论》就为我们敲响了警钟，但时至今日，仍然没有引起人们的高度重视，许多目光短视者，为了一时之利、一己之利，滥采滥伐、乱建工厂，环境在破坏，地球在呻吟，这种"挤压"的结果是，只能让自己的生存空间越来越狭窄，令我们窒息，濒临毁灭，到头来我们不得不饮下自酿的苦酒，自食恶果。

在这篇作品里，作者没有直接写因乱建工厂而引起的一系列恶果，而是巧妙地运用主人公韦先生出现的"梦幻"来警戒人们——"……他再定睛看山下那块田，田里不再是禾苗，而是房子，密密麻麻的房子……从窗口伸出小孩儿的头来，从门口伸出老人的头来了。他们都张着大口要吃的，要喝的！啊！啊！！啊！！！那些房子从田里升腾起来了，逼向山顶上的韦先生，韦先生大喊大叫：'救命啊！还田于农民吧！'"这与其说是主人公在呼喊，毋宁说是作者在向我们社会呐喊。

《介木惊梦》和《田的梦幻》具有异曲同工之妙。《介木惊梦》仍然带有"梦幻"色彩：高级园艺师介木，一觉醒来，满头黑发变成了满头白发。这件事本身就够奇的，但更奇的是介木做了一场噩梦。在这场噩梦中，介木看见几个庞然怪物把白兰树当小葱头吃了下去、把绿地当成蛋糕一样吃起来。他们甚至还口吐狂言，会把天下所有的绿地都吞下去！介木情急之下和这几个怪物厮打起来……

介木虽然是做了一场噩梦，但醒来后却真的发现满头黑发变成了满头

白发。作者运用梦境，虚实结合，有些类似于魔幻现实主义手法，亦真亦幻中，再次为我们敲响了如何对待环保的警钟。关于环保，对于今天的人们来说，似乎早已不再是新鲜的话题了，但大自然给人类带来的惩罚，也绝不是危言耸听。

毋庸讳言，韩英的这两篇作品，情节稍显单一，主旨表达有些直白，但这是韩英9年前发表的作品，用今天的眼光再去打量其艺术水准，就多少有些苛刻了。韩英先生是一位颇具社会责任感和使命感的作家，他的作品充满忧患意识，这两篇作品今天读来仍然具有强烈的穿透力和震撼力。

劳动一日，可得一夜的安眠；勤劳一生，可得幸福的长眠。

——达·芬奇

记者与作家："两驾马车"并驾齐驱

我们这时再回过头来细细打量同发取得的不菲成绩，蓦然发现：其实同发早已让"记者"和"作家"这"两驾马车"并驾齐驱在文化艺术的林荫道上了，格外引人注目，并驰骋向纵深处，愈来愈远……

提及奚同发，有人会很自然地把他和记者职业联系在一起。有人甚至开玩笑说，身为记者的奚同发，由于工作成绩的突出和优异，其职业光环盖过了创作成就。我认为此话有失偏颇。严格来说，"记者"是同发的"专业"，"作家"才是同发的"业余"；同发在把"专业"做大做强做精做深之后，不忘"业余"，把艺术触角不断伸向生活最深处，敏锐地捕捉生活中的"闪光点"，挖掘感人至深的生活细节，并最终编织成五彩斑斓的艺术花环。

同发因为写了大量优秀的新闻稿件，被圈内外誉为"名记"。更多的时候，在特定的场合下，人们很容易把他和记者职业紧密地联系在一起，而忽视了他曾作为创作者耘云播雨的身影，这也是自然而然、不足为奇的事情。

我和同发私交进一步深厚也是这几年的事情。同发和我一样都是性情中人。按他的说法，我们是这种私下说话照样可以拿到台面上来说的人。因为同在一座城市，又都对文学比较执着，因此对同发的关注也就格外多起来。我真正关注同发的创作，是我在《故事世界》做主编期间。在这期

间，我突然觉得同发的创作活动格外多起来：他不断地写作品支持我，频频被转载，获大奖，有的还被作为试题进入研究生考卷……此时的奚同发，格外热闹起来，由其闹出的动静有如繁花万点，装扮着本已寂寞的文坛。我们这时再回过头来细细打量同发取得的不菲成绩，蓦然发现：其实同发早已让"记者"和"作家"这"两驾马车"并驾齐驱在文化艺术的林荫道上了，格外引人注目，并驰骋向纵深处，愈来愈远……

同发这次要出一本评点本的小小说集子，并且大多是由名作家来担纲评点，预计此举无疑会给小小说文坛又投下一颗重磅炸弹。

《修理工老黄的艳遇》是一篇具有浪漫情怀的作品。老黄的"艳遇"完全是一厢情愿的，或曰自作多情。老黄的"艳遇"随着美人的层层"剥笋"，最终从云端回到现实中来。我们在欣赏美时，一旦被假象挑破了眼睛，往往作痛的是在心里。好在具有浪漫情怀的老黄很快明白了这一点。

《牛二》是用误会法来构织全文的。牛二的爹在民族危亡时刻，挺身而出，用自己乃至全家人的生命谱写了一曲抗击日本侵略者的壮丽诗篇。不幸的是，用生命铸就民族之魂的同时，也演绎了牛二当汉奸的丑剧。直至全国解放，人们才弄清牛二为了报仇当假汉奸的真相……至此，一个为了国恨家仇、民族大义、忍辱负重、甘愿牺牲的牛二形象，跃然纸上。

《戕母》是写母爱的。母爱是古今中外千古不变的主题。同发的这篇《戕母》在表现母爱时，却显得有些特别。小说的开端犹如电影镜头，一下子切入到要表现的时空里，鸟粪滴落在狗蛋的脸上，他猴子般地爬上树杈，欲捣毁鸟巢，却看到了令他心灵震颤的一幕：一只鸟妈妈正在用嘴给幼鸟喂食。作品的悲剧帷幕由此徐徐拉开。

在这篇作品里，作者没有交代狗蛋的生活背景，只写了和他相依为命的娘，写了因处境窘迫不断拿娘撒气的狗蛋的忏悔。作者不惜笔墨，大肆渲染母爱这一主题，几个放学归来的孩子高声背诵那则有关母爱的故事，更是把作品的悲剧意味推向高潮，从而增强了作品的整体艺术感染力量。当"良心发现"的狗蛋，真诚地扑向来给他送饭的娘时，悲剧因此彻底诞生了——娘以为是受了委屈的狗蛋又要来拿她撒气，"闭着眼，身子急转，想用背迎接牛鞭，可她的头却重重地撞在一枝断树枝杈上"……

这就是母爱。可怜天下父母心呵！母爱无处不在。

《你在他乡还好吗》和《玉儿，你好！》是写转型期下人的生存状态。晓雷和玉儿，在他们的身上都打下了时代的烙印。他们都在变。他们在蜕变中迷失了方向，迷失了自己，有时连最本真的做人底线都残缺了，模糊了。

晓雷，这个只"一心向往未来当大诗人"的人，"总是傲视一切"，当爱情遭遇变故时，这时的精神追求不得不向物质低头。生活的尴尬是每个人都会面临的问题，无论你曾经多么高贵。

发生在玉儿身上的变化是有别于晓雷的。玉儿的嬗变是说不清道不明的。一个总是笑得"格格朗朗"的花朵般的女孩子，突然因为一场感冒引起嗓子沙哑，就变得不笑了，变得敢嚼干脆的蝎子，变得敢把蛇、龟、鸡三物煮汤喝……

总之，这个时代一切都在变。玉儿的变化是"物质富有了，精神世界却贫乏了"。晓雷的变化却远没有玉儿那么幸运。在这个转型期的今天，我们真诚希冀奇迹出现在晓雷和每个人身上，希冀他们在求变中固守一道更美的风景。

纵观同发的这 5 篇作品，或多或少还存在某些不足。譬如，有的篇章情节稍显单薄，主题有待开掘，有的题材不够出新等。当然，我知道这是同发的早期作品，好在瑕不掩瑜，我说这些绝无半点求全责备的意思。同发是位率真的人，他收入这类作品，或许也是想保留其创作轨迹吧。

我对同发的创作一直是持看好态度的。身为记者的奚同发，是很出色的；身为作家的奚同发，同样是很优秀的。

我们可以拭目以待。

幸福只会给予不怕劳动的人，多年忘我劳动的人。

——苏霍姆林斯基

让作品走入读者心中

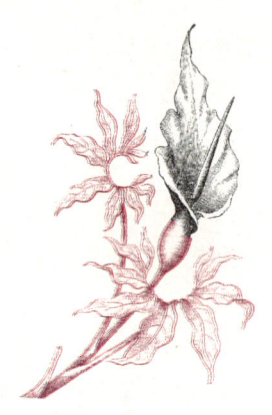

精读孙伟的小小说，你就会发现作者对人生的破译
程度很高，对生活感悟颇深，体验独到。他善于在
看似平凡的生活表象中，发现和提炼出生活中一些
典型意义并给予生动的表现，往往立意不俗。

　　熟悉孙伟，是在去年秋天编他的小小说时开始的。我在每日大量的来
稿中发现了他出手不凡的作品。我欣喜地意识到，这是位颇有才华的作
者，就精选了几篇送审。不出所料，在短短的 3 个月里，《百花园》就采
用了孙伟的 5 篇小小说，并且《百花园》2002 年第 4 期"小小说作家题名
榜"还刊登了他的照片，第 9 期"小小说星座"又集中推出了他的 3 篇小
小说和 1 篇创作随笔。

　　这不得不使人刮目相看。

　　初读孙伟的小小说，给人的感觉是好看、有意思。扎实的文字功底，
使其描述的技巧趋于圆熟。精湛、准确地表述生动形象。这些源于生活、
高度凝练的"原汁原味"，更大限度地接近了生活和人的真实，令人回味
无穷。

　　除此之外，作者还极其自然地将自己的睿智融于作品的叙述之中。巧
妙的比喻、夸张，风趣幽默，使人忍俊不禁。

　　独具魅力和特色的语言，在孙伟每篇文章的一开篇就抓住了读者，使
读者能饶有兴趣地进入到他精心构思设计的故事中去。所以，孙伟的小小
说都具有较强的可读性。

精读孙伟的小小说，你就会发现作者对人生的破译程度很高，对生活感悟颇深，体验独到。他善于在看似平凡的生活表象中，发现和提炼出生活中一些典型意义并给予生动的表现，往往立意不俗。

被《百花园》采用的《总想咬你》，写的是男女之间一种特殊的感情表达方式。女人总爱咬男人，男人却不理解。而两人因故分道扬镳，各自又建立家庭之后，尽管男人现在的生活不错，妻子小鸟依人，事事顺心如意，可男人又怀念起往昔的"咬"来。这份莫名的伤感揭示了人生这样一个沉重的主题：获得爱情只需要瞬间，而忘掉爱情则需要一生。像《家庭AA制》《你替我跑一趟》《番茄娃娃》等篇目能够一路过关斩将被《百花园》采用，都有力地证明了这一点。

由于作者艺术创作的触角一开始就深入到了人性的深层，观察的角度独特，始终把焦点对准人性的透视，所以其作品看似平淡，好似信手拈来，其实通篇都体现着作者对艺术创意的探索和个性化的追求。

又如被《百花园》采用的《讨厌的故事》，作者只是抓住我们日常生活中重新抄写电话号码本这件小事，很随意地将十几个电话号码背后的故事机械地罗列，通过对人是否喜欢和讨厌来筛选留下的号码。这种极其平常的方式不仅揭示出人的理性思维与行动的统一，而且还折射出当今社会的人生百态，使读者在复杂的新型人际关系面前，不能不对眼前的无奈和内心的隐痛进行深刻的反思。

科学是老老实实的东西，它要靠许许多多人民的劳动和智慧积累起来。

——李四光

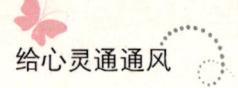

时代的"秘史"

我想，康继生正是把《冰上的火焰》当作我们这个民族的时代"秘史"来写的。尽管那段"秘史"是苦痛的，但它更是不该被我们遗忘的。基于此，《冰上的火焰》其文学价值与历史意义就彰显与凸现出来了。

一段尘封但无法忘却的历史，一部曲折跌宕的人物传奇。

读罢康继生先生的长篇小说《冰上的火焰》，掩卷深思，我的心久久不能平静。这100多万字带给我太多的惊喜。多年前路遥写《平凡的世界》，让我们看到了陕北农民的坚韧与刚毅；如今康继生的《冰上的火焰》，则向我们展示了中原大地上一名苦难少年的成长史。在主人公唐小飞的身上，或多或少都有我们每一个人的影子，他是勇敢坚强的农民后裔，他是时代的弄潮儿，他是许多人在历史长河中的缩影。

巴尔扎克说："小说是一个民族的秘史。"德国著名作家马丁·瓦尔泽在一次演讲时也曾说道："小说是在为当代撰写历史。"我想，康继生正是把《冰上的火焰》当作我们这个民族的时代"秘史"来写的。尽管那段"秘史"是苦痛的，但它更是不该被我们遗忘的。基于此，《冰上的火焰》其文学价值与历史意义就彰显与凸现出来了。不错，这的确是一部有深度、具有史诗般叙事性质的作品。小说的结构横跨近半个世纪，作者用细腻的文字，真实地展现了那段历史，以及那段历史里特殊人物演绎的故事。按照时间的发展顺序，书中的人物你方唱罢我登场，爱恨情仇，徐徐上演，悲欢离合，扣人心弦。每一个人物的出场都让人期待，每一次命运的转折都惊心动魄。

就我个人而言，虽从事创作多年，总觉得涉及政治题材的作品不大好把握。然而本书的作者，却能把它处理得那么出色，把那段沉痛的历史写得那么有趣。在那个物资匮乏的年代里，那群可爱的孩子，靠着精神作支撑，艰难度日，走过大跃进，走过文革，是这种热情，点燃了他们的内心，点燃了他们生活的希望。在阅读的过程中，我陪着他们，或沉默，或嬉笑，或义愤填膺，或欢欣落泪。我想，我是走进并解读他们内心的人。作为同乡，作为当年曾是康继生先生的一名卫校学生，作为如今的文学同道者，我在为我们的缘分而高兴时，更钦佩康先生深厚的写作功力。

吃罢晚饭，忙碌了一天的身体终于可以安歇。午夜，在银白色的灯光下，手捧《冰上的火焰》，看完一页又一页，我完全被书中的情节吸引了。读到第 5 章到第 16 章时，唐小飞和慧清两人的天真无邪是那么让人心醉。还有何光林和杨文芝，杨文芝对何光林的精神依恋却招来粗鲁丈夫的暴打，最后何光林也惨遭毒手……从这些小人物的身上，我看到了太多的绝情与无奈。他们开朗达观，热爱生命，却一次次遭人误解和陷害……

我们只能承认，人性有复杂的一面，有积极向善，也有消极遁世。面对苦难与灾难，他们没有办法，也反抗不了，只能在那个小圈子里等死，慢慢地被同化，从而失去良知，失去了追求幸福的权利。是的，美好的东西最易碎，也最容易被毁灭掉。

米兰·昆德拉在《不能承受的生命之轻》中说过："小说不是作者的忏悔，而是对于陷入尘世陷阱的人生的探索。"我想，康先生正是借助书中的每一个人物，在对社会、人生等进行有益的剖析与探索。

另外，《冰上的火焰》又一个亮点是：人物语言个性十足，心理描写相当出色。如主人公唐小飞与每一位女子的缠绵，都以日记的形式展现出来，很独特，充满诗意，从中不难看出作者的匠心。场景描写，层次分明。材料剪裁，详略得当。景色描写，水乳交融。还有作品中的某些细节描写，也不乏可圈可点之处。例如在本来就没饭吃的情况下，曾经身处名门望族的唐小飞的奶奶，一次次以"咱家不讨饭"告诫唐小飞，来维护穷人最后的尊严。想象那个情景，真让人落泪。美国著名作家、诺贝尔文学

奖得主海明威说："作家的任务始终只有一个，那就是写得真实。"康先生的这些细节描写，是真实的，具有典型意义。

　　其中，作者对传统文化的丰厚沉淀，尤其是道、儒、佛三家思想的深度把握，着实让人惊叹，想必是康先生多年苦心孤诣钻研的结果吧！想想那些整天不思进取、碌碌无为之辈，又如何能达到这种信手拈来的境界呢？

　　当代著名作家刘庆邦在《写作有天赋》一文中曾表述："……人仅有天赋是不够的，必须有后天一系列条件的加入，天赋才能发挥出来，天赋才能变成'人赋'。这一系列条件起码应包括文字的功力、真切的热爱、沉静的心态、生命的投入、持续勤奋的劳动，等等。"我想，康先生正是具备了这些先天和后天的条件，才有了今天这洋洋洒洒的鸿篇巨制之作。

老年时最大的安慰莫过于意识到，已把全部青春的力量都献给了永不衰老的事业。

——叔本华

"西紫湖文学笔会"琐谈

在人类社会越来越全球化的今天，文化正成为各个国家、民族的"软实力"，任何一个民族，无论时代如何变迁，都不可能导致文学的消亡。文学创作要如坐禅悟道，只有耐住各种诱惑，才能面壁向佛，最终修成正果。

回顾与展望：光山文学创作成绩喜人

20世纪80年代末90年代初，光山确实迎来了艺术的春天。无论是小说、诗歌、散文、杂文等创作，均呈现出欣欣向荣的局面。徐德瑞、刘高贵、简宏、雷程侠、吕新华、黄伯益、王强、谢复生、余金鑫等代表人物，成为引领光山文学的潮头。他们的作品，或被省内外重点报刊发表；或获得各种期刊的征文奖，一时成为信阳文学艺术界的中坚力量，并受到省内外文坛的关注。光山文学的繁荣，我认为除了作者个人的勤奋努力、不懈追求外，很大程度上与文学组织者功不可没。这里需要特别说明的是，我今天能够坚持文学创作，并取得一些成绩，应该归功于光山县文联，归功于徐德瑞、刘高贵、简宏、易金枝等老师当初对我的悉心栽培和扶持。有人说，作家纯粹是一种个人行为，作家不可能是培养出来的。但我认为，为作家营造良好的创作氛围、提供和谐的创作环境，是非常重要的。光山文联所组织的每一项活动，都令我们找到了节日盛会的感觉，令我们很长时间都怦然心动，沉浸其中，备受鼓舞。文朋诗友们齐聚在共同

向往的艺术追求中，那份其乐融融，至今令人充满无限温馨。也就是在那时，我进一步坚定了努力创作的信念。这里，我要感谢后来在文学创作道路上给予我无私关心和帮助的所有老师与朋友！

如今，在市场经济大潮的冲击下，光山县委宣传部、光山县文联、上官岗村各位领导能够不惜人力物力组织、举办这次笔会，是一件令人肃然起敬的事情。假以时日，在这次文学活动中，说不定又冒出多位在全省、乃至全国有重大影响的作家，也未可知。这次笔会，对繁荣光山文学创作无疑是一次推动作用，功德无量。

网络时代：文学是否走向边缘化

当今时代，期刊订数下滑日甚，纸质媒体正遭遇电子传媒的冲击，很多作家认为文学已日趋边缘化，感叹文学已成为"昨日黄花"，对文学前景堪忧。在人类社会越来越全球化的今天，文化正成为各个国家、民族的"软实力"，任何一个民族，无论时代如何变迁，都不可能导致文学的消亡。文学创作要如坐禅悟道，只有耐住各种诱惑，才能面壁向佛，最终修成正果。

不可否认，网络、影视等委实给我们带来了精彩纷呈的生活空间。但我更愿意把它们当作我工作生活中的一种娱乐方式和便捷工具。有人认为，自从互联网革命时期的到来，文学已受到严重威胁。很多人把文学的边缘化归结为电子传媒的冲击，没有人再愿意掏钱购买传统阅读物，而纷纷投入到虚拟的网络中。当然，网络的介入，使人们有了更多、更广阔的空间，大凡互联网用户，均可在网络上建立自己的主页，开博客，都可拥有发表作品的主阵地，无论作品质量优劣。但因为网络的相对"自由化"，发表作品缺少相应的标高，无形中就降低了作品的质量，其思想性、艺术性等可想而知。网络文化是一种能够即时表达大众情怀和民间趣味的文化。作为中国文化的一种新型文化，网络文化的影响是深刻而巨大的，其积极意义不可置疑。但这种影响也会使一部分人认为文学创作不过尔尔，这样势必造成一种误导，这对文学无意中是一种伤害。

我不反对博客写作，但我对博客一直持谨慎态度。前不久，在《文艺报》上读到著名作家雷抒雁在一次文学论坛上讲的一段话，我认为很精辟，现摘录如下："博客写作的普及等都为文学写作的发展增添了动力，但是这种绝对自由使写作者产生了一种错觉，以为写作不过如此，并没有什么艰苦的难度。放弃了写作的难度，不在文学写作的文化内涵、精神高度上要求自己，大量平庸之作被'无痛分娩'。看似繁荣热闹的文坛，缺乏精品之作，缺乏大师巨匠，这几乎成了读者普遍的喟叹。我想，未来的写作无论在技术、技巧、形式上发生怎样的变化，应该像前人一样，让作品伴随血液，经过作家的心脏，从血管里流出，而不是和口水一同流出。"

这段话，对作家的创作态度提出了要求。网络的普及，提供了文化的多样性。网络虽然正在试图有意或无意消解文学，但终归不能替代文学。"文学边缘化"是作家没有自信心的表现。

转型期下：作家的社会责任感

探讨作家的"社会责任感"应该是一个老生常谈的话题。适逢改革开放 30 周年之际，我们的时代，我们的社会，正面临着新旧体制交替、城乡一体化进程，人们在对物质追求的过程中，难以掩饰对精神的诉求。如何表达转型期下当代人的焦虑、彷徨、欲望、卑微、喜、怒、哀、乐等，已成为摆在作家面前的课题。一个有责任感的作家，绝不会将自己置身在社会、时代之外，而是紧扣时代脉搏，迅速作出反应，捕捉生活中发生的一切，写出这个时代老百姓最为关切的社会问题。无论是小说家、诗人、散文作家、报告文学作家等，其作品都应该贴近时代，贴近生活，这样的作品才最受老百姓的欢迎。文学的边缘化，另外一个最根本的原因，就是我们作家的作品游离了生活，自己给自己"边缘化"了。

2008 年 6 月份，美国爱荷华州立大学世界语言文学系教授穆爱莉女士曾对我进行过专访。穆教授是受美国联邦政府"福布赖特"基金会委托，对中国小小说现状展开专题研究，拟写一部中国小小说发展史。在访谈中，穆教授又一次问及小小说作家的社会责任感问题，我向她阐述了自己的观点，并与她达成共识。我们都认为，作家不论大小，作品不论长短，只有关注社会、关注现实，其作品才是有生命力的。作家要有一双敏于发

现的眼睛，要有悲悯情怀，要多关注底层人物的生存状态，温暖卑微，也是为了照亮高尚。

关键词：小说、小说家

我从不轻易动笔写作每一篇作品。我在写作前，每一个人物都已在心中活泛起来，包括动作、对话等，直至抑制不住了，才让他们饱蘸情感，跳跃到纸上。作为小说创作者，我们必须清醒地认识我们的人物，其喜怒哀乐都了然于胸。既然选择小说创作，我想有必要与在座的朋友探讨两个关键词，即：何谓小说？何谓小说家？只有弄明白了这两个问题，小说创作者才能清楚自己的走向。

何谓小说？现代汉语词典对小说的解释是："一种叙事性的文学体裁，通过人物的塑造和情节、环境的描述来概括地表现社会生活。一般分为长篇小说、中篇小说和短篇小说。"现在又增加了小小说或曰微型小说等。

米兰·昆德拉曾在《小说的艺术》里专门对小说作过精辟的论述，其中有一句是这样说的："小说就是通过一些想象的人物对存在进行的思考。"他还说，"小说审视的不是现实，而是存在。而存在并非已经发生的，存在属于人类可能性的领域，所有人类可能成为的，所有人类做得出来的。小说家画出存在地图，从而发现这样或那样一种人类可能性。"

何谓小说家？在百度上搜索，关于小说家的词条其中有这样一个解释："'小说写作者'称为'小说家'，如70后小说家田耳，80后小说家李子悦等。"

在中国春秋战国时代，小说家指的是一类记录民间街谈巷语的人，而小说家被归类于古中国诸子百家中的其中一家。《汉书·艺文志》曰："小说家者流，盖出于稗官；街谈巷语，道听途说者之所造也。"意即小说家

所做的事以记录民间街谈巷语，并呈报上级等为主。

　　按照福楼拜的说法，小说家是一位希望消失在他的作品后面的人。还有一个著名比喻的说法是，小说家毁掉他生活的房子，然后用拆下的砖头建起另一座房子：即他小说的房子。菲尔丁、福楼拜、穆齐尔分别总结概括了小说家的三种基本可能性：讲述一个故事；描写一个故事；思考一个故事。仍然借用米兰·昆德拉对小说家的阐述作为本文的结束语："他是一个发现者，他在摸索中试图揭示存在的不为人知的一面。他并不迷恋自己的声音，而是关注他所追求的一种形式，只有那些符合他梦想的苛求的形式才属于他的作品。"

人生难得是青春，要学汤铭日日新。但嘱加鞭须趁早，莫抛岁月负双亲。

——袁玉冰

我的教师情结

生活中的我们，无论做什么，都会打满各种"情结"。情结，是目标，是动力，是激情，这正如鸟儿没有蓝天情结，你很难想象它飞翔的高度。

　　《清玉》的故事可以说是长期情感积累的结果。从小，我的理想是长大后做一名教师，觉得教师站在三尺讲台上，是最为神圣的，对教师这个职业一直情有独钟，骨髓里也对教师充满着敬佩之情。遗憾的是长大后，由于各种原因，我的这个理想并没有实现，但要为教师写一篇文字的情结时时在心底涌动着。

　　多年前，四川一个偏僻山区的读者在给我写信时，向我讲述了她苦难的身世，并提到在上学期间，一名女教师为了投身于落后的山区教育事业，毅然嫁给了一位烧得满脸瘢痕、同样热爱教育事业的男教师。那名读者并没有详细介绍女教师的恋爱经过，其他的情况我也一概不知，但就是这名读者的"一笔带过"的诉说，让我深深地受到了震撼！于是要讴歌教师的激情再次迸发了，于是便有了如今的《清玉》模样。

　　其实，生活中的我们，无论做什么，都会打满各种"情结"。情结，是目标，是动力，是激情，这正如鸟儿没有蓝天情结，你很难想象它飞翔的高度。如果我从小没有"教师情结"，也许就不会促成我写作《清玉》的愿望实现。

倾听花开的声音

作为办刊人，我们所能做的，就是竭力除"莠"育"良"，从大浪里多淘一粒金砂，共同努力铸造人类文明的金字塔。

　　当下，随着物质文明建设的高度发展，精神文明建设也呈现出了一个欣欣向荣的局面，各种期刊如花绽放，使得当今文化呈现出多元格局。我们在感到欣喜之时，始终应该铭记这样一个伟大的名字——邓小平。这位中国改革开放的总设计师，他不仅塑造了时代，改变了历史，也持久地改变了中国人的生活。同样被改变的还有中国文化艺术领域。1979 年，邓小平在第四次全国文代会上的《祝词》是一个关键性的标志，中国的文化发展因此进入了一个历史上从未有过的繁荣时期。

　　"等闲识得东风面，万紫千红总是春。"在春意盎然、一派繁荣的文化背后，自然也掩饰不了泡沫的涌现。随着 WTO 的加入，中国的文化市场加大了搞活开放的步伐和力度。有些刊物为了经济利益，无视短期行为，纷纷盲目改版、扩版，这就使得我们不可避免地看到了鲜花、绿树丛中的莠草。当然，"良莠不齐""泥沙俱下"是不可更改的自然规律。作为办刊人，我们所能做的，就是竭力除"莠"育"良"，从大浪里多淘一粒金砂，共同努力铸造人类文明的金字塔。经过一段时间的酝酿和精心准备，《都市视点》终于应运而生了。我们希望推到广大读者朋友面前的是一道精美的精神大餐，但愿朋友们能够喜欢。

　　一本新刊物，犹如出生的婴儿，我们总是希望他生长得茁壮一些，把

他打扮得光鲜一些。《都市视点》亦如此。从刊名上来说，我们颇费了一番心思，几经敲打，成了如今的模样。从狭义上来说，"都市"就是大城市，是我们无不为之向往的政治、经济、文化中心，也是人们寻梦圆梦的地方。在竞争日益激烈、生存压力倍增的今天，这里的"都市"不仅仅是一种时尚的代名词，更是我们大家共同寻求的精神家园。

"问渠那得清如许，为有源头活水来。"诚然，《都市视点》还处于蹒跚学步阶段，还有更远的路途需要我们去跋涉，但因为有了广大读者朋友的支持和厚爱，因为背后有了众多热切关注的目光，我们有勇气迈好每一步，我们有足够的理由和信心，静静等待倾听《都市视点》在文化的百花园里花开的声音！

一个民族的年轻一代人要是没有青春，那就是这个民族的大不幸。

——赫尔岑

小小说八大家丰富了我的"集邮"生活

近年来，《百花园》和《小小说选刊》这两种驰名全国的品牌刊物，不断抛出金梭银梭，为我们编织出一匹匹锦绣华缎一样的增刊，其形式的新颖，变化的多样，为当今文坛又添异彩。

多年来，小小说创作队伍的这支轻骑兵，南征北战，纵横捭阖，拓疆展土，渐成阵容。为读者叫得响名字的小小说作家，不胜枚举。如何在万军丛中一眼找到这些小小说的五虎上将，如何在浩如烟海的小小说数据库中打捞优秀的小小说珍品，实非一件易事。《百花园》适时推出 2001 年增刊《小小说八大家》，为我们的阅读，提供了便捷。

小小说八大家，都是我早已景仰的文化名人，有的已发表几百篇、上千篇小小说。读《小小说八大家》，犹如找到一把打开潘多拉的钥匙，能让我轻而易举撷取小小说的七彩珠贝。尹全生的《海葬》、司玉笙的《"书法家"》、修祥明的《小站歌声》、袁炳发的《身后的人》、陈永林的《塑造男人》……都为小小说的经典名作，或获全国小小说大奖，或被各种选刊转载。我坚信，这些作品宛若唐宋八大家的璀璨遗珠，长盛不衰，久久闪烁着耀眼的光芒。

世人皆因兴趣爱好不同而迥异。有人喜欢打牌；有人喜欢垂钓；有人喜欢收藏……我独迷恋上了"集邮"。但我的"集邮"与别人有所不同。

我主要"集邮"《百花园》和《小小说选刊》出版的各种各样的增刊。

近年来，《百花园》和《小小说选刊》这两种驰名全国的品牌刊物，不断抛出金梭银梭，为我们编织出一匹匹锦绣华缎一样的增刊，其形式的新颖，变化的多样，为当今文坛又添异彩。

《小小说八大家》，一枚增值的"邮票"，丰富了我的"集邮"生活。

一个人只要他有纯洁的心灵，无愁无恨，他的青春时期定可因此而延长。

——司汤达

有趣的封号

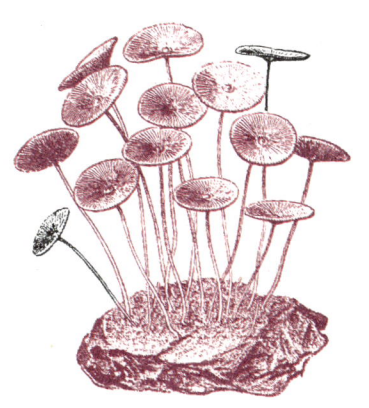

2500 年前的孔老夫子，周游列国，弟子 3000。我常常也想，若干年后，经百花园杂志社培养的"弟子"，绝对也不会低于 3000 这个数目吧？

《小小说十大高手》是《小小说选刊》2002 年最新增刊。翻看手头的《小小说十大高手》，我的思绪颇是飘动、感慨了几番。陆颖墨的《礁盘》是对守岛官兵的礼赞，也是对祖国充满着希望；相裕亭的《威风》在长城内外出尽了风头；滕刚的《预感》寓意了人生的莫测，尽藏玄机；牧毫的《雨中的祖父》那份诗意，让人久久难以忘怀杏花春雨的江南三月……在小小说文坛强手如林的今天，陶纯、蔡楠、韩英、郑洪杰、杨小凡、邢可等人能够闪亮登场，荣耀"小小说十大高手"排行榜，其意义深远大焉。

由《小小说十大高手》，我发现了一个十分有趣的现象，这就是给每一本增刊的取名：《小小说五人行》《小小说五星连环》《小小说五朵金花》《小小说八大家》《小小说十才子》《小小说九龙壁》……可以说每一本增刊名都是那么到位，恰如其分，朗朗上口，易懂易记，大家气魄，令人过目不忘。许多朋友对入选增刊要比对自己出版一本书集或获一个大奖还要引以为豪。有的朋友入选了增刊，在作者简介中从未忘记郑重写上一笔；有的朋友甚至还在自己名片的显要位置上印着"小小说八大家之一"或"小小说十才子之一"等字样，由此可见"封号"的含金量。

2500 年前的孔老夫子，周游列国，弟子 3000。我常常也想，若干年后，经百花园杂志社培养的"弟子"，绝对也不会低于 3000 这个数目吧？

小小说评点（四十八则）

生命、爱情、人性等都是文学、艺术永恒的主题。古往今来，多少作家、诗人、艺术家试图以多种形式去阐述自己的感悟。

秦德龙的《中签》评点

秦德龙的《中签》让我很自然地想起一句老话：天上不会掉馅饼。然而，这个天上掉下的"馅饼"偏偏让大牙碰上了一回。大牙用手机打了个抽签电话，中了签，没想到，请了客，送了礼，破费了钱财不说，反而落得个领导的"顺便培养培养"。这就是小人物的悲哀。大牙的悲哀是在意外的惊喜降临之际，不知道什么叫"藏而不露"，什么叫"宠辱不惊"。可是，小人物又有小人物的优势。大牙在经过领导的一番"培养"后，大彻大悟，马上来个180度的大转弯，比小人物还小人物，"见人就捆自己的嘴巴"，矢口否认自己中签之事，最终成了"一个让人可怜的角色"。读《中签》，还让我想起了浮在水面上的西瓜。大牙起初的心态就有些类似这个想浮在水面上的西瓜。他想浮在水面上，偏偏有外力要把他摁下去。庆幸的是，大牙却因祸得福：单位减员时，他侥幸没有成为下岗一员。小说的结尾正是作者的高明之处，人们在可怜大牙的同时，是否到了也该同情一下自己的时候了？

火光编译的《星期一早晨的奇迹》评点

曾经读过这样一篇文章。二战时期，有一位中国劳工，因不堪忍受日本人的摧残折磨，冒着九死一生的危险，只身逃进一座大森林里，过上了原始生活。新中国成立几年后，这位中国劳工才有幸走出原始森林，踏上中国本土。然而，因为语音器官长期无法得到锻炼，这位重新回到人群中的中国劳工，从此失去了语言功能。这篇文章当然是对法西斯暴行的揭露，但悲愤之余，不得不得出另外一个结论：自我封闭、缺乏沟通的人生，是何其可怕的人生啊！

"早安，朋友。"一句简单得不能再简单的话，却创造了"星期一早晨的奇迹"。其实，这个"奇迹"人人都可以创造，偏偏"紧紧坐在一起的人们都用薄薄的报纸拉开了距离"。看来，呼唤文明，渴望关爱，是每一个民族、每一个区域的人们的共同愿望。文中的司机着墨并不多，但他创造"奇迹"的英勇行为，绝不亚于古希腊神话中为人类盗取火种的普罗米修斯。当文明的圣火燃烧之时，人们除却心头的冰封雪冻，剩下的只是融融暖意。

史金标的《生死之交》评点

有一则关于鸟的故事。是说北宋皇帝被金人掳去后，这只鸟不吃不喝，向着主人被掳去的方向，几天几夜悲鸣不止，直至啼血而死。这只鸟与主人休戚与共、生死不渝的精神，令我感动不已。鸟尚且如此，何况人乎？《生死之交》里的两个人，在人生的低谷中不谋而合选择了同一方式：死亡。同是天涯沦落人，"两个素昧平生的人，居然喝得酣畅淋漓，喝得天昏地暗，最后烂醉在酒馆里。"生死之交就从这里开始缔结。最终，两个人又都放弃了死亡，一个投案自首，悔过自新；另一个重整旗鼓，又扬起人生的风帆。其实，缔结人与人之间"生死之交"的纽带非常简单，一个眼神，一句暖语，一丝半缕的关怀与体恤，都会让人感动一生，改变一生。

牧毫的《雨中的祖父》评点

祖父固守在老槐树下的形象是庄重的，这份固守，犹如一首意境优美（或曰凄美）的古典诗词。采用诗歌中常用的复述手法，反复把"雨中的祖父"形象强化、展示在我们面前。文中的父亲，"我"、未婚妻，不一定完全理解祖父几十年如一日的固守行为，但那份固守的姿势成了一尊雕塑，让我们肃然起敬，追忆无穷。在生活网络化、戏剧化、多元化的今天，我们的爱情婚姻日益捉襟见肘。江南春雨，如烟似雾。但愿能将我们的空气中涤去一些浮躁……

刘志杰的《黑包》评点

老李在捡了一个胀鼓鼓的黑包时，有三个失误：失误之一，他没有及时提出把黑包交公或找还失主；失误之二，他没有当着老张的面当场把黑包打开；失误之三，他不该私掏腰包请老张和单位的几个人"打牙祭"，结果是"赔了夫人又折兵"。自始至终，那个黑包就像一个诱饵，把老李"这条鱼"一步一步置于一个尴尬的境地。老李私掏300块钱请人吃饭本是良苦用心，没想到他的良苦用心反而更让自己洗刷不清，且越陷越深。在物质利益越来越高的今天，面对诸多诱惑，我们应尽量做到"超然物外"。这样，就不至于像老李那样，捡到一个黑包，背负起一个沉重的十字架！

程习武的《瞎子四爷》评点

程习武的小小说，简洁明快，节奏感强，积淀着很浓的文化意味。譬如他的《庭梅野鹤》《无土兰花》等都给我们留下了很深的印象。

在《瞎子四爷》中，作者为我们着力塑造了一个重情重义、一身侠骨正气的老人形象。作品写外形高大的四爷；写挑水的时候跟谁也不说话的四爷；写抢起带风的拐杖一下子砸到腰蛋的两条腿上的四爷……作品语言生动传神，人物对话颇见个性。"四爷走到床边说，腰蛋，你舅的眼瞎，可心不瞎，那事不能干了"。一个很具有民族气节、一身正气的瞎子四爷的形象，跃然纸上。四爷果真瞎吗？我们分明看见心知肚明的四爷，正以"第三只眼"审视着芸芸众生……

刘志学的《生命都是平等的》评点

生命、爱情、人性等都是文学、艺术永恒的主题。古往今来，多少作家、诗人、艺术家试图以多种形式去阐述自己的感悟。在这篇作品中，作者给我们讲述了一个人与自然、生命与生命的故事。作者有意识地把生命的背景定格在茫茫的无垠的沙漠上。孤独的生命在那里实在是极为渺小的，如果能发现绿色、发现生命，又该是多么激动人心的事！这种体会，非经历不能刻骨铭心。探险家用仅存的生命之水拯救另一个生命——胡杨的那种善待生命、珍视生命的可贵思想也就可以理解了。这篇作品带给读者的震撼之处也就在于此。

刘志学绝不是想讲一个故事给我们听。他是借一个故事、借探险家这个人物，表达了他对生命的看法——生命都是平等的。假如逢着大奖赛，这样的作品是理该获奖的……

蒋亚林的《杀人的眼睛》评点

作者很会设置悬念，小说一开头就紧紧抓住读者的心，勾起读者极大的阅读欲望。眼睛何以会杀人？读罢全文终于真相大白。这双眼睛是审视的眼睛，是对道德、良知、人性、伦理的窥测和审判。要想避开这双"杀人的眼睛"，须牢牢记住的是：没做亏心事，不怕鬼敲门。正所谓无欲则刚是也。

王保忠的《伯父的奇遇》评点

2000来字的篇幅写活一个人很不容易。作者以娴熟的叙事技巧，平铺直叙的叙述风格，为我们勾勒了一个男妇联主任的形象。人物很逗，也很真实可信。特别是尝到工作甜头的伯父，其前后态度的转变，更令人忍俊不禁，人物形象跃然纸上。

海飞的《追月》评点

人食五谷杂粮，自有喜怒哀乐。嫦娥自然也难以超凡脱俗。嫦娥和乐代表着不同的世界观、人生观，一个放弃了英雄的丈夫去广寒宫厮守寂寞；另一个却是什么都不爱，只爱英雄。理想和现实总是相互交织又相互矛盾着，就连嫦娥仙子也难以摆脱这样的尴尬。

陈永林的《白鸽子》评点

习惯了的东西有时是很难改变过来的。譬如男人，譬如女人，譬如儿子。某一天，当夫妻俩试图改变这种生活方式时，儿子却又突然接受不了，于是血淋淋的惨剧发生了——两只白色的鸽子成了儿子手下的牺牲品，"鸽子的头被砍了下来，丢在地上，一地的血，一地的白色羽毛"。固有的不良的生活方式和思维模式，对孩子的成长也是一种影响和戕害。小说有深度，引人思考。

马金章的《拜仙》评点

不识庐山真面目，只缘身在此山中。闭上眼睛想想，很多人都对自己的印象模糊一片。生活中有许多人，自己找不见自己，自己对自己生疏，自己不能正视自己。本文主人公正是如此。她在"拜仙"的过程中，没想到一直朝拜的竟是自己。这是一个距离和定位的问题。

海飞的《罗先生的婚姻》评点

海飞是近几年为读者瞩目的小小说新锐。海飞以其独特的叙述语调和叙述节奏，在小小说读者中赢得较好的口碑。譬如《保卫一座桥》《1942年的爱情》等。

这篇《罗先生的婚姻》虽不能代表海飞的整体创作水平，但却好读、耐看，淡淡的哀伤里飘忽几多温情。千把字的篇幅，写了几个人的关系和婚姻、生活状态，这是笔力不深者所达不到的，确属不易。在这里，罗先生是一个富有牺牲精神和爱心的人。"我们都没有错，只有你罗先生错了，你赔了自己大把的青春，你把人家的女儿养大了，你却没有得到自己一直想得到的女人。"

在爱情婚姻生活中，两性间的自由选择和组合，很难说清孰对孰错。好在罗先生是一个智者，早就明白了爱是"用不着理由的"这一道理。罗先生虽然失去了很多，但却得到了女儿一生对他的真爱。

邓洪卫的《绳索》评点

邓洪卫的"三国系列小说"已渐成气候。《绳索》的故事并不很复杂，也可以说是"善有善报，恶有恶报"这一宿命的翻版。只是邓洪卫将故事注入了新的生命力，赋予人物鲜活的形象。在这篇作品中，最具有悲剧性的是苗泽。苗泽在断送了姐夫一家人的身家性命后，自己也难逃噩梦之神的惩处，害人害己，到头来落了个一命呜呼，还遭到曹操的白眼。悲哉！

马新亭的《你已经不是原来的你》评点

此一时彼一时也。陈小姐对张大全前后态度的改变，完全是一种价值取向的问题。张大全，走到如今这个地步一切都是因为陈小姐。陈小姐和张大全最初的出发点可谓都是好的，但好的出发点不一定达到预期的目的。人生总是有许多变数掺杂其中。

郭学荣的《勇士》评点

秦舞阳是一个杀人成性的人。面对弱小者，"秦舞阳一家家杀过去，眼不眨，手不软，脚不停，来去如风，刮起一阵阵风雪。"那份洒脱和干练，无人可比；而当他面对的是真正的强者秦王嬴政时，关键时刻却拉稀了，落了个令人幸灾乐祸的笑柄不说，还让燕国使团的所有人都受到株连。小说把秦舞阳以强凌弱、欺软怕硬的心态描写得淋漓尽致。作品的结尾堪可玩味。具有这种心态的人，在今天或将来更远的日子，都会不乏其数。

刘照如的《自行车传奇》评点

"父亲"是一个充满智慧和幽默的人。父亲的机智和幽默表现在：他的一句有关解决自行车滑轮的"绝招"，竟能牵着村子里几个光棍的鼻子去为——"求证"。父亲的所谓绝招，或许是一个意外的巧合，确有其事；或许本身就是一句玩笑的话语，听的人大可不必去较真。父亲和光棍汉们因其所驮对象不同，因此用同样的法子解决同样的问题时，却出现迥然不同的结局。尽管不无夸张，却给人可信的成分。"父亲笑了很长时间，又对他们说：'我没有骗你们，不信就等着瞧，等你们的儿子发烧的时候，你们带着他去医院，要是你的车子滑轮，你再试一次，看看我说的那个办法是真是假。'""父亲又说：'现在你们都没有儿子，你们不懂。'"

父爱无价、父爱感天啊！

林西的《那双皮鞋》评点

故事发生的背景是一次大地震。作者将人物置身在特定的环境中，写了人情，人性，人的高尚与卑微。

因为有了区长这棵大树的庇护，区长的儿子平时飞扬跋扈，为所欲为。但在灾难面前，区长一家也难逃厄运的惩罚。因而，貌似强大的区长也就显得极其渺小和猥琐。区长的家人被埋在地底下，强子本不想救他们的，但人性中美好的东西占了上风，驱使强子不计前嫌——"区长一家最终还是被扒了出来"。在这篇作品中，区长的着墨并不是很多，但人物形象极为鲜明。区长为他儿子讨要那双皮鞋的细节十分生动传神，画活了一个悭吝、失去起码人情的人物的嘴脸。

皮子的《错爱》评点

老鼠爱上了猫。乍一听有些类似于寓言故事。作者大胆虚构，采用拟人化的手法，把这则故事写得合情合理，饶有趣味。

按说，阿齐和白雪之间是有着不共戴天之仇的。在阿齐成长的日子里，"他的叔婶、兄妹陆续离开了他。他清楚地记得白雪用嘴咬着他的叔婶向主人邀功的样子……他恨透了她，尤其是他最后一个亲人——母亲因出去喝水被她俘虏时，他恨不得撕碎了她，用她的肉磨牙。"但就是在这对宿敌之间，后来却发生了戏剧性的变化。老鼠爱上了猫，或曰猫爱上了老鼠。这并非空穴来风，空谷足音。其实促使这对宿敌惺惺惜惺惺的爱情基础正是人类自己——"因为那只逮完了老鼠的猫终于被主人赶了出来"。人类功利性的丑恶嘴脸最终被暴露了出来。作者若能够在题旨的开掘和选材上再下一番工夫，相信会有更大提高。

秦德龙的《因为他会发短信》评点

小人物永远就是小人物。小人物可以博得领导一笑，但绝不能调控领导的笑容。这里必须掌握一个度。文中的小胡是一个精明的人，但他又是不幸的。他的不幸在于，他似乎永远只是个配角，是令人发笑的佐料。

闵凡利的《马县长送礼》评点

写当代官场生活，讽刺小说不在少数。作者一改官场小说旧有的模式，写马县长送礼，似贬实褒。马县长送礼，送的是为全县人民发家致富的礼，送的是勤政为民的作风和德行。

何金良的《为了紧紧握住你的手》评点

德子是一个可亲、可爱、又令人可敬的人，他朴实、憨厚、勤劳、善良、乐于助人、知恩图报，在他身上传承着中国劳动人民的优良本色和美德。天道酬勤，德子的付出最终得到了丰厚的回报。

刘殿学的《报酬》评点

我很喜欢文中的这位教授。他懂得做人的道理，不是拿几毛钱打发年轻的乞丐，而是给了他尊严和人格。千金散尽还复来。给人尊严和人格比什么都重要，尊重他人实际上就是善待自己。

　　教授讲述的那个故事也很有震撼力。不计报酬的人，往往会得到意想不到的报酬。让农夫的孩子接受良好的教育，其意义，远比给他一笔丰厚的物质财富重大得多。

赵文辉的《水县乞客》评点

　　赵文辉的小小说颇具乡土气息。这缕气息不是浓得拨不开，而是淡淡的，并且还闪动着机智、幽默的光芒。《水县乞客》写的是一个沉重的主题，但阅读起来比较轻松，在轻松中还获得一丝喜剧的成分。赵麦根一家人虽很穷，但他们却是乐观的，对未来充满了幸福的憧憬，是最富有精神"内核"的人。从他们身上，我们可以获得一种积极向上、豁达开朗的人生态度。

金波的《我要嫁给你》评点

　　在社会竞争日益激烈的今天，任何机会都会稍纵即逝，要想成功，必须毫不犹豫，就连爱情也不例外。玉华的几次恋爱受挫，终于使她明白了这个道理。一场精心设计的"骗局"，但却显得温馨，真挚，自然，无论是他或她，都毫无矫揉造作的成分。

纪富强的《拔刀》评点

　　精彩！武侠小说写得这般够味，怎一个妙字了得！作者有丰厚的语言功底和谋篇布局的能力，更重要的是，作品的思想性极强。读小小说，主要是看作品涵盖的思想锋芒。这一篇佳作，可谓字字珠玑，句句闪光了。题目也好，"拔刀"，蓄势在胸，抽刀断水水更流，让人回味无穷。师傅的功法、武道都是上乘的，然而，与纪通天比武的时候，却因为慢半拍而痛失右臂。学徒5年的"他"，出师下山，应诺为师傅找回了断臂，结果，却在瞬间"胸前赫然多了一柄斜插的钢刀！""他"是谁？师傅一语道破女儿身，原来"他"是死敌纪通天的女儿纪月岚。18年恩怨，一日了结，师傅也跃入万米深渊。故事至此结束，而留给读者的回味却发聋振聩：

"只要有心，有爱、恨、情、仇，拔刀就永远不是最快！"道高一尺，魔高一丈。无论谁想争霸称雄，到头来，都要成为一粒尘埃的。

刘立勤的《街亭保卫战》评点

这年头，"戏说"在影视剧中闹得红红火火，热热烈烈。"戏说"并不好整。它不是奉行"拿来主义"，而是在已有的历史基础上，需要重新灌输作家自己的"血液"。刘立勤把"诸葛亮挥泪斩马谡"这个历史事件，又进行了一番演绎"戏说"，用今人的眼光来审视历史，再用历史来烛照今天，读来别有一番滋味。

公孙欠澳的《拜把兄弟》评点

在人生中，有诸多选择，都是身不由己、无可奈何的。不同的选择，铸就了不同的人生道路，也铸就了不同的人生结局。情同手足的乔一和刘四，在东洋倭寇席卷而来的那场血雨腥风中，一个成了名垂千古的抗日英雄，另一个却成了历史上只记载两个字的"汉奸"。历史有时是很残酷的，一旦关闭上嘴巴，有谁能给刘四正名的机会？历史长河可以淘去一切，唯独淘不去人情、人性中闪光的东西。

姜泽华的《连环劫杀》评点

"文革"中，公安处长老穆落难街头，无意间听说"开明人士"王敬之藏着二十根金条。故事由此推进，环环相扣，阎王爷先后取走了四条人命。人为财死，鸟为食亡。埋藏多年的连环案，再次验证了这个话题。故事是生动的，情节是跌宕的。然而，这仅仅是一篇好故事。好故事未必就是好的小小说。好的小小说，讲的是故事之外的故事，追求的是形而上。诚然，作者在这篇作品中，在讲故事的同时，是力图让读者明了是非曲直的。虽然，可读性多了一点儿，但文学性却显得弱了一些。

闻春国翻译的《你在背后说什么》评点

在生活中，或许我们每一个人，都在背后说过有关他人的话题。恶意也好，善意也罢，我们到底都没有能够管住自己的嘴巴。问题的关键是，"几乎每个人都有自己问心有愧的小秘密；几乎每个人都曾背着别人说过一些令人不愉快的事"。网络上一个小小的病毒，就足以毁灭掉千千万万人之间的友谊，扼杀掉对他人的信任。人与人之间的感情，有时是多么的脆弱与不堪一击！

耿耕的《生日》评点

耿耕很会营造氛围。小小说《生日》自始至终都笼罩在一片亦真亦幻、似梦似醒的意境中。主人公在生日晚会上的那份神思恍惚和莫名其妙的举动，几分荒诞，又几分真实可信。在物质生活日益丰富的今天，人们的精神生活日益面临着挤压和断层。为了工作，为了生活，人们不得不像一台机器，永不停歇地运转、奔波、挣扎，重压之下，"我很忙""我很累"几个字已成为时代的一个音符。作者在不足 2000 字的篇幅里，采用夸张、荒诞的艺术手法，表现了当代生存意识，是一篇不错的小小说。

阿成的《下棋的男人》《吊床》评点

阿成的小说是一种境界。这种境界不是高得遥不可及，高不可攀，它让读着的人都有一种跃跃欲试感，然而却又很难达到一种高度。这种高度在漫不经意的叙述中，让你深层次地感受到一种对生命、生活的禅悟和人生体验。

下棋的男人，是常常容易被我们忽视的另一种男人。这些男人青年时都富有浪漫的情怀，有理想，有追求，但他们又都是很不容易得志的人，于是下棋便成为他们淡泊名利的一种生活方式。其实我们生活中的每一个人，又有谁能够让自己的理想和现实等距离地向前平行发展呢？生活在这个世间，无论是大人物，还是小人物，都有让自己生活下去的理由和支撑点。这是一种活法，也是一种境界。

《吊床》具有沧桑感和历史感。作家用一种特有的情怀，写了老人的孤独和生存状态。老人年轻时曾经是位优秀的猎手，但这一切毕竟都已成为过去，"他的渔猎家园已经失去"，"取而代之的，是大片的荒漠和荒漠中的县城"。这篇作品很厚重，写了岁月深处的老人，写了对人类家园的追忆和守望。

蒋涛的《飞不过沧海的蝴蝶》评点

"我能想到最浪漫的事，就是和你一起慢慢变老，老得哪儿也去不了，你依然把我当成你手心的宝……"这首歌唱起来容易，做起来难。时间最是无情物。爱情是永恒的，但爱情最容易在时间面前被碰撞得支离破碎，遍体鳞伤。爱一个人能找到千般理由，不爱一个人同样亦能找到诸多借口。文中的韵文应该算是一个被时间划伤的人，她的几次爱情经历，使她还未羽化就已成了一只受伤的蝴蝶，似乎永远也飞不过那曾经的沧海。作者用细腻的文笔，写了女孩的心理状态和情感状态。作者如歌如诗般的叙述语言和结构形式，值得肯定和借鉴。

王娟娟的《痛爱》评点

让人物沿着故事的脉络，在情感的发展走向上时时处于一种矛盾失衡状态，是小说家必须明白的问题。本文的作者很会设置矛盾，前是青梅竹马的小静，后是温柔贤淑的悠悠，"我"陷入情感的漩涡中苦苦挣扎……作者用缠绵悱恻的叙述语言，为我们描绘了一个凄美的爱情故事。此篇是处女作，自然不能用艺术的标尺来打量这篇小小说。希望作者今后在选材、构思和题旨的开掘上再下一番工夫。

邓石岭的《雨·咖啡·爱情》评点

真的令人无法想象，"每一节都是苦涩的"三年婚姻生活，他们是怎么熬过来的？三年后，他们终于得到了解脱，"竟不约而同地长长吁了一

口气"。因为他们始终都没有忘记各自的"梦中情人"。当初一场突如其来的风雨，使他们鬼使神差地走到了一起，但是共同经历鲜血洗礼的他们，并没有用心珍惜对方，而是彼此充满着怨怼和失意。其实，爱就在身边，可我们却把痴痴的目光投向迷茫的远方，这何尝不是一种酸涩的悲哀！生活就像百慕大三角区，"险象环生"，充满着魔力的怪圈，它使我们钻进去的人，为数还少吗？

丁肃清的《井》《两人足球赛》评点

肃清是我多年的老朋友。一段时间以来，我们似乎都很忙，一直耽于联系。前天肃清在车站附近发现了近期《小小说读者》后，毫不犹豫地买下了一本，并主动打来电话，对本刊的赞美之词溢于言表。肃清是位爽快人，很哥们儿。他的文章也和他本人一样，从从容容中透露出一种率真。

《井》写的是对热爱生活、热爱丈夫的虹嫂的欺骗。虹嫂对生活的要求并不高。丈夫出差买回的一枚戒指，最终戕害了妻子对丈夫的一份朴素的情感，那口井便也成为断送虹嫂美丽生命的一口陷阱。作者用大量篇幅来描绘虹嫂对幸福生活的向往和陶醉感，为人物后来的悲剧性命运作了足足的渲染铺垫。

《两人足球赛》表现的是当代生活中一种新型的家庭人际关系。良好的教育是促使孩子健康成长的根本保证。父亲教育儿子也好，儿子反过来影响了父亲也罢，这是相辅相成的，也是社会文明进程中的和谐之音，你很难说清到底是谁在教育谁、又是谁在影响谁。我很喜欢作者为文中设计的两场赛事。在时代发展的今天，我从孩子们的身上看到了一种希望，这是民族的希望。

纪勰的《孔雀毛》评点

纪勰的小小说日臻成熟，叙述手法越发老道。这份老道不是四平八稳，老气横秋，而是生动、诙谐的叙述语言里闪现着灵慧的光芒。《孔雀毛》通篇并没有着墨"爱情"二字，但却在写着一场含蓄而又热烈的爱

情。小说的结尾非常精妙，她嫁给他，给他开了一个让他必须留长发的条件，而他给她开的条件却是头插50支孔雀毛。小说在愉悦轻松的气氛中透出一抹感人的温馨。

孙玉亮的《老黑》评点

这篇小小说，没有跌宕起伏的情节，没有大起大落的悲欢离合，作者用平铺直叙的叙事语言，为我们着力塑造了在生意场上不显山不露水的老黑的形象。老黑是一个成功的生意人，他的成功是靠他踏踏实实、一分一厘赚过来的；老黑又是一个平和、沉稳的人，虽身价千万，却不露声色。老黑的那份平和与沉稳，令现如今的那些所谓的"款爷"，不禁脸红心跳，无比汗颜。多一份平和，少一份张扬，也是一种做人的准则和境界。孙玉亮主要以写中短篇小说为主，这篇小小说，本是第一次涉足，但却显示了一定的艺术功力。希望不断读到玉亮兄更多更好的小小说佳作。

谢志强的《钻石戒指》评点

这篇小小说的构思形式比较新颖别致，作者为"我"和娟的爱情设计了两种结局。无论文中的男女主人公最后属于哪一种结局，但他们的爱情就像那枚昂贵的钻石戒指，最终会"黯然失色"，甚至在一不小心时，它就会"轻易地脱离我的手掌，一下扎入海水"中。歌颂爱情一直成为人类永恒的主题之一。面对这个"永恒的主题"，我们常常表现得有些无能为力，不得不自欺欺人而陷入某种尴尬的境地。

本刊自开办"新小小说"这个栏目以来，在倡导小小说文体的实验和创新方面，率先打出了一面旗帜，在读者中产生了一定的反响。谢志强的这篇《钻石戒指》，为一篇小小说的结尾提供了几种可能，使得小小说的结尾模式由单一到多元，在形式的创新上，具有一定的探索意义。

边草的《水中的鱼》评点

这篇小小说写了一份别样的师生情，满纸流淌着缠绵悱恻、哀婉感人

的浓浓情意。"我"12 岁那年爱上施洋老师，完全是出于学生对老师的一片感激之情，是老师对学生的拳拳关爱，点燃了"我"心中的爱情圣火。爱一个人，到底应该为他（她）做些什么？在施洋老师被病魔击中时，"我"选择了"出卖自己的青春和爱情"来换取他的痛苦。我们在感动于这份哀婉圣洁的爱情时，心里却注满了沉重与酸涩，呜呜咽咽，荡气回肠，油然为他们洒下一掬热泪。

谭其森的《最后一只母狼》评点

作为狼医的"阿爸"，"为保护狼群的繁衍"，竟然死在了被拯救对象的利齿下。尽管他为"最后一只母狼"做了许多许多，尽管它后来"逐渐收敛了它眼睛里的光芒"，但是由于人类对同在一个地球上相依为命的动物的疯狂杀戮，使得兽性难以泯灭的最后一只母狼，仍然没有放过复仇的机会。惨痛的结局再次告诉我们：关爱地球上的每一个生命，人与动物共享一个家园。

李元岁的《夜游》评点

作者用亲切平和的叙述语言，为我们讲述了一个平淡而感人的故事。一个庄户人老爹，活生生地站在我们面前。他在那个秋夜里的"夜游症"，是怎样见证了他对土地的那份眷恋和热爱？在 20 世纪 80 年代初，中国农村还有多少如"我老爹"那般的庄户人？然而在短短的 20 余载的今天，又有多少土生土长的庄户人遗弃荒芜了的大片土地，春潮一样涌向城里？李元岁的这篇小小说，是对土地的深深怀念和眷恋，是对土地的挽歌与呼唤。

唐训华的《残局》评点

作者以一种独特的视角，借用一局残棋，把君臣间那种微妙的关系刻画得入木三分。同时，一个"生性忠厚迂讷"的侍臣那仁福的形象跃然纸上。他不像"白脸""黑脸"大臣，他不识"时务"，哪怕对弈的对手是高高在上的皇上，他也要"步步紧逼"，把他杀得"节节败退"。那仁福今生注定是赢不了这局棋的，虽然在他死后，康熙终于说了那句"朕认输了"的话，但是，那毕竟只是一具僵尸呀！与其说那仁福赢不了这局棋，毋宁说他战胜不了神圣不可侵犯的皇威，壁垒森严的封建专制。这是一局永远没有结局的残棋，那仁福不过就是棋盘上的一颗棋子而已。

孟宪明的《孟家进鬼》评点

孟宪明先生如今已写了多篇有关孟子的短信体小小说，字字珠玑，篇篇精彩，文短意长。这篇《孟家进鬼》共分3个章节来写闹鬼的故事。3个章节，3个不同的故事，异曲同工，相得益彰。

第一节写的是哄鬼。俗话说，"哄死人不偿命"。连鬼都要哄，况人乎？现实生活中喜欢自欺欺人的不乏其数。

孟子所信奉的"经者，正道也"在众鬼面前受到了嘲弄，讽刺性极强。

人善被人欺，马善被人骑。恶鬼怕恶人自然亦是情理中的事情。屠夫杀猪的场面很令人过瘾，一个看似复杂棘手的问题就这样在"猪声历历"中迎刃而解了。立意颇值玩味。

孟宪明先生的这篇《孟家进鬼》涵盖着很高的思想光芒，具有非常强烈的现实意义。

丁勇的《双佩》《船老大木墩》评点

这期的"处女地"推出了丁勇的两篇小小说。丁勇虽为新手，但比较会讲故事，这两篇小小说显现出几分老成。

《双佩》重在构思。两块玉佩，一块留在爹手里，另一块作为保平安的吉祥物送给了儿子丁驼。但正是这传家的玉佩，最终让军营的老总得到了应有的下场。一篇短文，千把字，一波三折，尽藏玄机，一代名医的老爹虽没有让丁驼的背直起来，但却成就了他疾恶如仇的气节。

《船老大木墩》重在写人。文学是人学。这是一条经过古今中外文学

大师实践过的真理。作者把主人公置身于特定的环境下，为我们着力塑造了木墩这个人物。木墩率真、粗糙甚至有些粗俗，但我们从他的灵魂深处读到了一种叫高贵的东西。他许的"棺材咒"虽然不无迷信的成分，但这个成分里却深深渗透着一种精神。这篇小小说的悲壮色彩非常强烈，以女人的高兴来结束全文，戛然而止，喜庆的场面，沉甸甸的结尾。

尚美姣的《一个都不舍得》评点

一个平淡、略含辛酸而又不失温馨的故事，用质朴的语言表现出来，一位平凡而伟大的母亲跃然纸上，这样的故事就发生在你我的身边，而文中的慧芬，就是我们最亲的母亲。在生活沉重的十字架下，她有过徘徊、退缩，但最终选择了承受。而正是因为她们默默地支撑，才有了儿女们展翅飞翔的天空。

许为民的《秀发可餐》评点

从许为民的这篇作品里，我们不仅感受到了人间真情，更看到了美好人性的闪光。在我们为主人公男孩悬着的心终于落地的同时，更感谢那个有着一头秀发的女人。面对"纠缠不清"的男孩，她采取了一种近似"自戕"但却温馨的方式。她所拯救的，不单是男孩或一个家庭，更为重要的是，她以美好的温情洗涤了人类被生活的杂质日渐污染了的灵魂。

王莹的《不说话的黄玫瑰》评点

在作者略含伤感的笔调下，我们看到了一份黄玫瑰般的凄美初恋。哪个少女不怀春？哪个少女不钟情？面对众多追求者的纹，在接受玫瑰的同时却也接受了伤害。原来盛开在纹心中的玫瑰，却是来自一场误会，缀满了谎言。好在谎言并无恶意，因而有一股凄美的爱意在读者心头涌起……

名家名编动态

——系列速写之一

在侨务办公室工作的凌鼎年先生创作欲望极强，已有2000多篇小小说作品遍撒东南亚等地区。他一边工作，一边创作，还频频应邀参加各类国际学术研讨会。

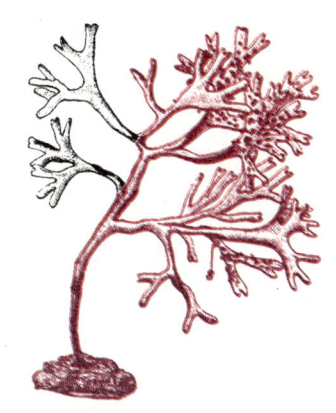

《立正》的作者80高龄的许行老人，听说本刊创刊后，特意给编辑部打来电话，表示祝贺。许老爽快地答应一旦有了小小说佳作定当支持本刊。在电话里，我们从许老朗朗的笑声中可以感受到，他的身体依然健康，思维依然敏锐，底气十足，不减当年。

在侨务办公室工作的凌鼎年先生创作欲望极强，已有2000多篇小小说作品遍撒东南亚等地区。他一边工作，一边创作，还频频应邀参加各类国际学术研讨会。近日他又接到徐州师大中文系的邀请，参加在徐州召开的"台港暨海外华文文学教学研讨会"。凌鼎年还有一项工作，就是不断给全国各地的业余作者回信和推荐他们的作品。凌鼎年是位好心人。

《女匪》的作者孙方友已于2002年年底调入了河南省文学院搞专业创作，彻底成了一位靠文学吃"皇粮"的人。过去穷怕了，现在想吃一身肥肉，却吃了个血脂高，心脏、血压都有点儿问题，减肥又没有勇气，老嘴馋，正异想天开准备发明一个"解馋器"，不吃东西又能饱口福，还想投入市场赚几两碎银。又想马儿跑，又想马儿不吃草。世上哪有这等好事呢？

王奎山是一位严肃型作家，以写民风民情奠定了其在小小说领域的地位。奎山近日在给本刊编辑的来信中说："人，有时候是需要一点鸵鸟精神的。然而就整体而言，我对人生持悲观态度……"其实像奎山这样具有悲天悯人情怀的人，正是因为思考得多了，不一定某天又冒出一篇惊世之作呢！

《水中望月》的作者秦德龙每个双休日都要写作品。写好一篇，就四处打电话，说笑一番，劳逸结合。你只要接到德龙的电话，一定是他有了得意之作。当然，德龙不但写小说，也应报刊的约稿写故事、写小品、写杂文、写随笔，写报告文学。德龙最近又踏上写歌词的门槛了，在面向全国征集"郑州形象"歌词活动中，其创作的《老乡，来碗烩面》，入选压轴。

南国小小说作家沈祖连一边写小小说，一边做生意，而且做得很大。前一段自建了一幢楼房，6 层，700 多平方米。可因为是头一次建房，没经验，入住之后觉得不满意，加之面临主干道，热闹有余而清静不足，便又选一僻静处重盖一幢 6 层楼，目前感觉尚好。等到什么时候不满意了，他还想重新盖，因为还有 3 块属于他的宅地在待价而沽。

青春没有亮光，就像一片沃土，没长庄稼，或者还长满了荒草。

——吴运铎

名家名编动态
——系列速写之二

《永远的门》的作者邵宝健认为：小小说作家要想在文坛上有发言权，尚需"健身"，这个"健身"包括学识上的长进和综合文字之建树。

《文学港》的王毅先生，集编辑、作家于一身，多年来，利用业余时间创作出版了多部长篇小说和两部中短篇小说集等。在春回大地、草长莺飞的日子里，王毅又搬到一座高层公寓的第9层。这是他来到这座海滨城市的20年间，第7次"乔迁新居"。王毅迷恋于窗外景色的时候，常有清脆的电话铃声响起——有亲朋好友的，也有小小说读者的。

《永远的门》的作者邵宝健认为：小小说作家要想在文坛上有发言权，尚需"健身"，这个"健身"包括学识上的长进和综合文字之建树。所以近两年，邵宝健潜心伏案，艰难地完成了一部38万字的长篇小说《钻石纽扣》，不过目前尚未有出版社抛出"红绣球"，对其纳入出版规划。待字闺中的"女儿"如今仍然"寂寞花无主"。熟悉出版行业的朋友，有谁主动愿意出来牵线搭桥、甘当"红娘"吗？

《二姑给过咱一袋面》的作者侯德云，近来已完成李永康先生主持的《侯德云访谈录》。该说的话一句没少说，不该说的话一句没多说，说与不说都恰到好处。目前，侯德云有两本书正运作在出版途中，一本是作为主编的《瓦房店文学作品精选》，另一本是以作者面目出现的《侯德云小说

自选·谁能让我忘记》。侯德云心中还编织一个梦想，早日重返乡村，闲居东屏山下，种花、种菜、听音乐、写文章。

《红蝴蝶》的作者马均海，于年前受聘到河南青年报社，紧张的工作之余，创作热情不减，常有小小说佳作在各类报刊面世。马均海是位热心人，时不时邀三五文人，就几碟小菜，把盏邀樽，推心置腹，谈笑风生，全是一些有关小小说的话题。马均海最近见到本刊的创刊号，情不自禁地打电话对本刊给予充分肯定。本刊同仁感动之余，又多了一份信心和责任。

《独身男人》的作者中村是个"一心二用"的人，喜欢写中、短篇小说，也喜欢写小小说，写小小说只是偶尔为之，但在小小说领域却也争得一席之地。中村又是一位不满足现状的人，放着《洛神》杂志社副主编不干，扑腾"下海"，先后受聘于《大河报》《小小说选刊》《新劳动》等报刊社，辗转多个单位又回到原地，于今年元月份被正式调入《散文选刊》杂志社工作。中村如今终于修成"正果"，一颗不"安分"的心也该趋于平静了吧?

对搞科学的人来说，勤奋就是成功之母。

——茅以升

名家名编动态

——系列速写之三

豫北小小说作家安庆，把创作视角指向其所熟悉的乡村生活，既有对乡村官场生活的揭示，又反映乡村的淳朴情感，人气看好。安庆的作品不断被各种选刊转载和入选各种选集。

《窝子》的作者曹德权，将小小说作家队伍比喻为"新四军"，一时间引起众声附和。正值此公佳作不断之时，却又露出"叛变"形迹：先是大写长篇报告文学《红岩大揭秘》，3卷60万言，连载转载又出版，着实火了一把；接着又发表了近40万字的《铁血警魂——自贡警方50年十大重案》等，又热闹了一番。不久前，此公偶感不适，到医院一量血压，二百有七，破该院纪录啦！病愈出院时，此公一拍脑门："这次没有搞'爆'，等于没有玩完——那就再写几篇小小说吧！"

《延安文学》"小小说茶馆"栏目主持人王雷琰，自任"馆主"以来，经营有方，人气旺盛，不断为各位客官奉上一盏盏色泽味俱佳的"香茗"。2001年由其主编的《小小说家园》一书出版后，在读者中引起广泛影响。在拥挤喧嚣、物欲横流的世界里，王雷琰每天只能关闭门窗，阅读着从全国各地寄来的大量来稿。身心疲惫的时候，王雷琰很想放松休整自己，转移一下目标。儿子一天天成长为英俊少年，更需要关怀和爱抚，他能不能顺利跨入理想的中学门槛，成为摆在王雷琰面前的重要任务，这也是体现

了她贤妻良母的本色。

豫北小小说作家安庆，把创作视角指向其所熟悉的乡村生活，既有对乡村官场生活的揭示，又反映乡村的淳朴情感，人气看好。安庆的作品不断被各种选刊转载和入选各种选集。目前，安庆正就读于河南省文学院首届作家高级研修班，在创作小小说的同时，已写出几篇中、短篇小说。

《小村人》的作者李永康，创办了一份报纸《微篇文学》，团结国内大批作者和读者，为小小说文坛又增添了一抹热闹的景色。目前，李永康正在写《×××访谈录》系列，已经完成的有《许行访谈录》《凌鼎年访谈录》《侯德云访谈录》等。李永康正打算采访孙方友、王奎山等人，只是因为手头掌握资料不足，暂时无法成行。

《孩子和雨》的作者高海涛是一位寻找完美的小小说作家。海涛认为：多情而美丽的女孩是理想中自由和美好的代名词。海涛现在正在创作发生在100个城市的情感小小说，地名当然是真的，但是主人公只是海涛找寻出来的完美，最近已完成了10余篇，其中《风儿来过我饭桌》《穿越侏罗纪》已在本刊与读者见面。海涛的创作速度很慢，可见完美找寻之艰难。

任何人都应该有自尊心、自信心、独立性，不然就是奴才。

——徐特立

名家名编动态
——系列速写之四

以写爱情小说见长的刘国芳，近来爱情小说创作明显减少了，多写一些如《锄草》这样反映人性美的文章。刘国芳近年来当选为江西省政协委员，这可能是小小说作家中第一位省政协委员。

《短小说》主编严苏先生，在单位是一位恪尽职守的"淘金者"，瞪大双眼在沙海里寻觅真金；回到家里又做一位模范丈夫，先奏一曲锅碗瓢盆交响曲，尔后走进书房，或看书，或对着电脑捣鼓一气。严苏做刊物主编，还侍弄着小说这种营生，但因编务繁忙，创作时间并不是很多。不过严主编最近"时来运转"，创作状态极佳，一部15万字的长篇小说《官运》，一出手即受到作家出版社的青睐，近日已被隆重推出。

以写爱情小说见长的刘国芳，近来爱情小说创作明显减少了，多写一些如《锄草》这样反映人性美的文章。刘国芳近年来当选为江西省政协委员，这可能是小小说作家中第一位省政协委员。刘国芳今年要做的另一件事情，就是为20岁的女儿刘柳出一本书。刘国芳非常希望女儿今后能一直将小小说写下去。

《端米》的作者刘黎莹，在去大学学电脑归来的途中，被一场大雨淋得惨惨兮兮。刘黎莹那天本来拿有一把雨伞，但她却把那把心爱的花伞严严地遮挡在自行车车筐上，因为车筐里有被她视为宝贝的文学书籍。站在十字路口，有位好心的大姐主动献出塑料袋，让刘黎莹赶快把书包上，打

上雨伞，免得被雨淋病。但刘黎莹还是"在劫难逃"，回到家里，后半夜开始发起高烧来。病愈后，刘黎莹一直感念那位好心的大姐对她的帮助和关爱。

《宜春日报》夏侯建主任，不久前参加了一次小小说高级研讨会。会上，有的作家郑重其事地提出，要评选出中国当代小小说大师。其理由是，肯定获此殊荣者在小小说创作中的地位，使其成为后来者学习的楷模。夏主任对此不以为然。夏主任认为，人们更多关注的是作品本身所显示出来的价值和意义，而不是作家的头衔和地位。作为作家，应该更多地去关注社会，关注人的生存和命运，用自己的作品说话，这或许更实在一些。

燕赵大地作家蔡楠先生，受朋友的蛊惑，心血来潮，一度放下创作，去驾校学开车，握上了方向盘，如今已顺利地拿到了驾照；其间，为维护自己的合法权益，还和房地产开发公司打了一场官司，虽经调解最终解决了问题，但毕竟耗费了不少精力，心境也受到了影响……在如此丰富多变的生活面前，蔡楠面对着一封封约稿函，很羡慕那些从事专业创作的作家。

坚决的信心，能使平凡的人们，做出惊人的事业。

——马尔顿

名家名编动态
——系列速写之五

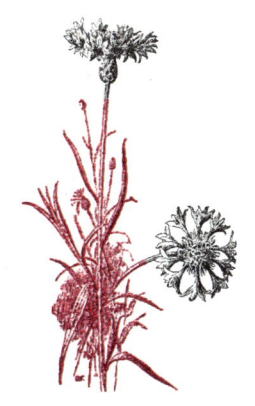

《毒不死的狗》的作者陈永林先生，创作欲望极其强烈。正如一位热心读者所说的那样，"哪本刊物发小小说，哪本刊物就能'见'到陈永林"。无论是国家级选刊，还是一些地市级报纸，都能从中找到"陈永林"三个字。

著名作家阿成先生最近乔迁新居，因忙，一时疏忽，误把短篇小说当成小小说投寄给了本刊编辑部。阿成先生意识到这个问题的"严重性"后，又是发电子邮件，又是打电话，再三表示歉意，并很快又挂号寄来了两篇小小说佳作，对本刊给予积极支持。阿成先生的那份严谨、认真、谦逊的态度，体现了大家风范。

《毒不死的狗》的作者陈永林先生，创作欲望极其强烈。正如一位热心读者所说的那样，"哪本刊物发小小说，哪本刊物就能'见'到陈永林"。无论是国家级选刊，还是一些地市级报纸，都能从中找到"陈永林"三个字。陈永林近来"四喜临门"：正式调进《微型小说选刊》；中级职称已通过评审；百花洲文艺出版社出版了他的第6本小说集《栽种爱情》；小小说集《栽种爱情》获得江西省文学最高奖——第五届谷雨文学奖。

以写"药都人物系列"而备受读者青睐的杨小凡先生，今年是他的本命年，也是他人生的一个"转折点"：年初从药都奉调进合肥，从事一个全新的行业——经营房地产。有车有房做了老总，可工作起来却比过去用

力多了。杨小凡目前正在赶写一部长篇小说，它反映的是企业在市场中挣扎的一个故事，到时读者诸君可得多多关注哦。

《三个和尚》的作者闵凡利是个写和尚的高手，也算是小小说的一路神仙了。开春以来，闵凡利在创作上可谓是马不停蹄。他除了给各大报刊写好约稿外，还创作出了中篇小说《天下大事》、短篇小说《活镖》等。今年是羊年，闵凡利计划写一定数量的小小说，还要创作出 4 部中篇小说和 10 篇短篇小说。闵凡利一边创作，一边读书，因为他知道，羊儿要想长得肥，就得多吃草。现在，他正在书的原野上精心地啃着绿草呢！

豫北作家马金章先生，学历不高，阅历丰富，从学校到军营，从农村到城市，从内地到边疆（曾两次参加边境保卫战），后因乡土情结太重，落脚到城不城、乡不乡的故土县城。说他是官却身在官场不谙官场之道，说他是民却又是个小萝卜"头头"。身历和心历影响了他的小说创作，但他却试图在两个结合部或者说两个边缘地带（军队与地方、城市与乡村）构筑属于自己的小说风景。他正在努力着。他的小小说集《白天的星星》和中短篇小说集《劫数》即将面世。

深窥自己的心，而后发觉一切的奇迹在你自己。

——培根

形象的力量

这里的学习创作氛围十分浓郁，由于有追求，有希望，心中有一盏光明的灯，促他奋进。

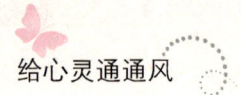

小镇上的作家吴万夫

梁深义

吴万夫成家后和妻子从乡下到孙铁铺镇开门诊时，没有要父母一分钱，只带几斤大米和一条板凳，还替父母背了几千块钱的债。吴万夫那时的家，用他自己的话说，真是黄连拌苦参——苦上加苦！

　　在光山县孙铁铺镇，有一位而立之年的青年人，名叫吴万夫。他是个体医生，多年来坚持读书和业余创作取得了不小的成绩，加入了河南省作家协会，被人们誉为小镇上的作家。

　　吴万夫是在苦难中成长，在苦难中拼搏成才的。他出生于一个贫苦农民家庭，小小年纪就饱尝了人世间的冷暖和辛酸，自叹童年是在忧郁和泪水中度过的，是苦难的家使其过早成熟，又突然与缪斯女神结缘，上卫校期间就在《百花园》文学月刊发表第一篇小说处女作《阿香》，并于1992年被郑州电视台改编拍摄成电视剧。1989年至今，吴万夫已陆续在《莽原》《青年作家》《三月风》《河南日报》《西藏文学》《青岛文学》《草原》《东京文学》等报刊发表中、短篇小说、小小说、诗歌、散文100余篇，作品多次获奖，被一些选刊选载，有的被出版社收入集子。吴万夫的创作活动和作品，已引起省内外文坛的注意并受到好评，他为信阳争得了荣誉，为信阳的文学创作事业作出了一定的贡献。

　　吴万夫开始走文学创作之路，是1989年，那时他在信阳卫校读书。

因为家庭十分困难根本无力供养他，在校期间他经常没钱买菜吃。他一两个月才回家一趟，而且连返回学校的车费都没有，有时是借别人的自行车来回骑二百来里路，有时干脆步行。就是在那时，他萌生了写作的想法，期望自己的作品变成铅字，能换成稿费弥补一丁点儿生活上的不足。

吴万夫特别感激妻子，是她在吴万夫最困难的时候选择了他，并一直支持吴万夫的创作。

苦难磨炼人，并造就人。吴万夫家中姊妹兄弟 8 个，儿女多、母苦，自不必说。他的父亲早年患病在身，母亲又双目失明，家庭经济上每年总是入不敷出，举债是常事，旧账摞新账，负债累累，还清债务之日遥遥无期。吴万夫成家后和妻子从乡下到孙铁铺镇开门诊时，没有要父母一分钱，只带几斤大米和一条板凳，还替父母背了几千块钱的债。吴万夫那时的家，用他自己的话说，真是黄莲拌苦参——苦上加苦！小两口开门诊需要资金，他们又借了近万元，债务压得他们几乎喘不过气来！吴万夫就是在这种情况下，一边开门诊忙活着挣钱养家糊口，一边见缝插针读书写作。

记者在采访吴万夫时看到，他的门诊部只一间房，而且是租赁别人的。他在忙于为病号诊断和抓药的日常工作中，没有忘记在这间不大的房间后面，留出一块地方供自己闲暇时读书写作。

吴万夫夫妻俩的住处是简陋的，由于是旧式平房，面积小而且比较潮湿。在严寒的冬日，这里很冷；在烈日炎炎的夏日，这里很热，又有蚊虫叮咬。但是，这里的学习创作氛围十分的浓郁，由于有追求，有希望，吴万夫的心中有一盏光明的灯，促使他奋发进取。

胸中书富五车，笔下句高千古。

——明·冯梦龙

关注民工的流浪作家吴万夫

奚同发

> 回忆起当年的生活，至今吴万夫的眼里依然会瞬间蒙上一层水雾。上卫校时，他没钱买菜吃，一两个月才回一次家，往返车费是不可能有的，只好借同学的自行车来回骑一百多里路，或者完全自己步行。

　　从 20 世纪 80 年代末在《百花园》发表第一个短篇小说《弟弟》起，这位缘于弟弟在外做建筑民工而开始关注打工一族的青年作家吴万夫，已创作了 30 多部中短篇小说及 100 多篇小小说，他的笔下时时流淌着对外出务工农民的那种人文关怀与同情、理解，他希望通过自己的小说引起社会对民工更广泛的关注，也希望以文学改变自己的命运。至此，他说，自己其实就是这打工者中的一员，也是一个流浪漂泊者，只不过是一个文化打工者而已。

　　吴万夫早年出生在河南光山县一个并不富裕的村子，讨饭出身的父亲与双目失明的母亲以他们的普爱之心和博大情怀，辛勤地哺育着 8 个子女。吴万夫四五岁起就开始为自己的家庭从心理上分担着苦难与艰辛，正所谓"穷人家的孩子早当家"。那时候，一家人还是为了吃饭而奔波。小小年纪的吴万夫就想着长大以后还是当医生吧，这样不仅可以养家糊口，而且可以救治更多像他们这样贫穷的人家。于是，奔着这个目标，即使家里无钱供给不得不于高中就停学的他，还是自己咬着牙自考进光山卫校，于是，业余时间便想着写东西换点稿费来交学费和维持生活。这时他的弟弟已远走郑州打工，父亲因弟弟的外出而大为光火，几天后，听到弟弟从高高的脚手架上摔下时，父亲口吐鲜血……吴万夫知悉这一切，泪如雨下。自小对苦难的敏感，使得他因此而创作了那篇小说《弟弟》，很快小说就在《百花园》发表。他心里对《百花园》的感激是无法言表的，能做到的就是从那时起，就是生活再困难，他也一本不少地购买着每期《百花园》杂志。不久，《阿香》又在《百花园》发表。吴万夫说，这才是他的小说处女作。因为这篇小说写得早，而且在写《弟弟》之前，在信阳的"映山红"笔会上他遇到了《百花园》的编辑，小说受到肯定。这篇小说不久便被改编为电视剧。吴万夫的文学之梦由此越做越大……

回忆起当年的生活，至今吴万夫的眼里依然会瞬间蒙上一层水雾。上卫校时，他没钱买菜吃，一两个月才回一次家，往返车费是不可能有的，只好借同学的自行车来回骑一百多里路，或者完全自己步行。毕业后，第一件事就是自己在小镇上办个诊所，从家里走时只带了几斤大米和一条板凳。租的两间小屋，一间开诊所，救世济人，另一间就是他的文学与生活之所，用于温暖自己和别人的心灵。这以后，他的作品在《青年作家》《飞天》《山东文学》等数十家专业刊物发表，并被《中华文学选刊》《小说月报》《读者》《小小说选刊》等多家知名刊物选载，还被译到国外，并在全国各种文学奖项中获得了一等奖、金奖之类的好名次，随后又出版了小说集《朝圣路上》《挑着的家》。

吴万夫的小说一直在关注自己眼里的乡亲，因为亲人中有六七个人都在外务工，所以他的笔端更多的是写一群生活在城市中的农民，写他们的生存状态、心理与生理的困惑和无奈。他希望自己的小说能引起更多的社会学者、政府官员的注意，由此能给予民工更多的同情，并为改变他们的生存状况而做些什么。当我们身边的高楼大厦林立起来的时候，当我们的街道越来越宽的时候，当我们的城市变得越来越美丽的时候，我们可曾想过，这一切都是那些酷暑寒冬衣衫褴褛的民工的血汗换来的，他们白天辛苦劳作，夜间露宿街头或是正在修建的潮湿而四面透风的工地。他们在想念自己远在乡村的家乡和亲人……

　　几年后，这位在小镇上口碑极好的年轻医生，放弃了从医而彻底从了文。像当年的鲁迅一样，他认为医学只能救一人，而文学将可以拯救更多的人。他南下广州，辗转郑州，再回信阳，再进郑州，多年来，他以一个民工的身份，做过报社记者、杂志社编辑、刊物发行、图书编辑……作为一个文化打工者，他接近那些各种行业的外出务工者，酒店、工地、码头、车站……于是，《打工的骆娘》《未曾谋面的老板》《疯狂者》等一批状写打工者的小说引起了文学界的广泛关注。去年在大型文学双月刊《清明》上发表的4万多字的中篇小说《金小刀的一九九九》，更是以"南漂"广州的金小刀的打工经历，展现了当代"普通人的生活状态和情感诉求，传达出不可掩饰的盲目、嘈杂和心烦意乱。每个人都试图改变自己的生活，改变自己的命运，改变眼前的一切"而被推荐为刊物的封面篇目，并在卷首语中由主编配发评语。

　　多年来，吴万夫的小说正是因为这样对社会世态、人性深处的揭示，对弱势群体的同情和关爱，也引起了不少麻烦。他的小说《恶意电话》在《文学港》和《作家天地》发表不久，一位政府官员一口咬定是写他本人，"对号入座"非要给他点颜色看看不可，最后是熟人劝说，才算放吴万夫一马；《霍乱》发表后，当地的防疫医生则到律师事务所咨询，是律师的一番话才改变了他们要把吴万夫推上被告席的初衷；《××频道》更是捅了"马蜂窝"，电视台的几位记者请来的律师，找到市委宣传部和发表他的作品的那家晚报，兴师问罪……

　　吴万夫说，当年在家从医问诊，方圆多远的人都喜欢找他看病，他知道，产生这种"效应"的原因，第一是凭借他的医疗技术和职业道德，第二就在很大的程度上，是沾了他的文学光。所以，用文学关注现实，对得起生养了他的故乡和父老乡亲，使得他时时不忘"铁肩担道义，妙手著文章"的责任。如今在郑州一家出版社打工的他表示，他给自己的定位仍是一个都市的漂泊打工者，接下来肯定还是要写有关民工的小说，因为他太熟悉这种生活，而且这方面也大有可写。

吴万夫：朝圣路上与挑着的家

周鹏飞

"医学只能救一人，而文学将可以拯救更多的人。"鱼和熊掌难以兼得，像当年的鲁迅一样，吴万夫最终选择了弃医而从文。他南下广州，辗转郑州，取道北京，再进郑州，开始了文学追逐中的漂泊之旅。

他是一个勤奋的文学种植者。多年来，无论自己的生活状况多么严酷，他都坚持笔耕不辍，创作了大量的中、短篇小说。

他是一个生活的呐喊者。他的作品始终关注着社会底层的弱势群体，他的笔触一直深入到了生活的最根部，笔下多是在生活中挣扎、拼搏的小人物的命运。

他更是一个时代的歌者。看他的小说你可以听到一声声带血丝的呼唤，看到一颗苍凉的悲悯之心在跳动……他为善良和美好的人性而歌，为民间的正义而歌。

河南省文联副主席、省作家协会主席李佩甫说："默默写作，从不张扬，也从不求什么。这就是吴万夫。"

挑着的家

20 世纪 60 年代末，吴万夫出生在河南省光山县孙铁铺镇一个贫苦的农民家庭，而他的童年也是在无奈的忧郁和泪水中度过。

"是苦难的家庭使我过早成熟，又突然与缪斯女神结缘。"吴万夫自

述：母亲 12 岁时双目失明，父亲长年患有哮喘病，兄弟姐妹七八个……

"我记事的时候，家里从没舍得吃过一顿干饭。最奢侈的时候，不过就是稀饭锅里下着麸子搓就的丸子，就这还不能时常食用。"

"家里是债台高筑。分家时，为了一头猪崽，二哥和父亲吵得不可开交。一向刚强的父亲，气得倒在地上痛哭不已。那哭声至今仍是一条呜呜咽咽的河……"

"读高中时因拖欠学杂费，被班主任多次下'最后通牒'……上卫校时，因经济拮据，吃饭吃菜总成问题，闹了个神经衰弱不说，最后一年，因实在交不起学费，被迫停学一个多月。"

……

吴万夫开始走上文学之路，那还是高二的时候。县报上发表了他的诗作《愿你》和小小说《老郭头的死》。吴万夫决定利用午休时间，去拜访一下编辑老师，以便当面向他们讨教有关文学的创作知识。

那是一个阴雨天，放学的钟声刚刚敲响，他便急不可待地冲出教室，跨上借来的自行车，一路向县城奔去。刚出孙铁铺镇，瓢泼大雨就下个不停。为了及早见到神圣的编辑老师，他义无反顾地一路狂奔。那是怎样的一辆自行车啊！用别人的话说：除了铃铛不响，其他部位都响；用他自己的话形容是：蹬一圈，走半圈，一圈不蹬退下来。然而，就是这样的一辆自行车，丝毫没有影响吴万夫对文学朝觐的火热心情，"雨中的我，早如一只落汤鸡，依然是摇头晃脑一路引吭高歌"。

"苦难是一所大学。"吴万夫成家后和妻子从乡下到孙铁铺镇开起了诊所。"没有要父母一分钱，只带了几斤大米和一条板凳，还替父母背了几千元的债。"谈起那时的窘况，吴万夫说，真是黄莲拌苦参——苦上加苦！然而，就是在这种情况下，他一边开门诊忙活着挣钱养家糊口，一边还见缝插针地读书写作。

宝剑锋从磨砺出，梅花香自苦寒来。几年后，这位口碑极好的年轻医生加入了河南省作家协会，并被人们誉为"小镇上的作家"。

"医学只能救一人，而文学将可以拯救更多的人。"鱼和熊掌难以兼得，像当年的鲁迅一样，吴万夫最终选择了弃医而从文。他南下广州，辗转郑州，取道北京，再进郑州，开始了文学追逐中的飘泊之旅。

"我特别感激妻子！是她在最困难的时候一直支持我的创作。"回忆起当年的生活，至今吴万夫的眼里依然会瞬间蒙上一层水雾。他在出版第二本小说集时，专门用"挑着的家"给作品集命名。"生活的跋涉之旅是艰苦的，但因为有了文学的篝火映照，即使是'挑着的家'，也感到格外温暖。"

农民工的"代言人"

吴万夫的农民工情结，源自于他的弟弟。

1989年，弟弟远赴郑州打工，几天后突然从脚手架上摔下。吴万夫闻讯后感慨万千，自幼对苦难敏感的他，坚持创作了小说《弟弟》，而后在《百花园》发表。

"农民工，同样需要社会的尊重与呵护！"基于这样的认识，吴万夫的笔端关注更多的是打工者的艰辛生活，描述他们的生存状态及思想上的无奈与迷茫。同时，也从不同侧面反映出了诸多的社会问题和矛盾。在他的作品中，饱蘸着对社会弱势群体的关爱与同情。他还以敏锐的洞察力、深邃的见解及犀利的笔锋，对人性缺陷、世态万相等进行了细致入微的剖析与揭示。

"最根本的，还是他饱尝了人世间的冷暖辛酸，他的作品很大程度上是对现实生活的生动写照和艺术再加工。"有作家如此评论吴万夫的"春江水暖鸭先知"。

脚手架上忙碌的身影，涵洞底下挺起的脊梁……高楼大厦林立的背后，谁又能想起，那些白天不辞劳苦夜间露宿街头的农民工呢？他们也有自己远在乡村的家园和亲友。

多年来，吴万夫以一个民工的身份，做过报社记者、杂志社主编、刊物发行、图书编辑。作为一个漂泊作家，他主动接近那些各行各业的外出农民工，为弱者呐喊，为民工"代言"，他相继推出的"打工文学"系列，也引起了社会各界的广泛关注。大型文学双月刊《清明》上发表的4万多字的中篇小说《金小刀的一九九九》，便是以"南漂"广州的金小刀

的打工经历，展现了当代"普通人的生活状态和情感诉求，传达出不可掩饰的盲目、嘈杂和心烦意乱。每个人都试图改变自己的生活，改变自己的命运，改变眼前的一切。"该作品被确定为刊物的封面篇目，并在卷首语中配发评语，隆重推出。

"其实，自己也是这打工队伍中的一员，只不过是一个流浪漂泊的文化打工者。"青年作家吴万夫从开始关注打工族，迄今已创作了 30 多部中短篇小说以及 100 多篇小小说。"我希望通过自己的小说能引起社会对农民工更广泛的关注，并为改变他们的生存状况而做些什么。"

强烈的社会责任感和忧患意识，使得吴万夫仗义执言的背后也"招惹"了不少麻烦。他的小说《恶意电话》在《文学港》和《作家天地》发表不久，有政府官员"对号入座"，满口咬定是影射自己，非要"横刀立马"给"好事"的作家来个下马威不可，最后通过熟人解围，吴万夫才总算把"大事化小"；《霍乱》刊载后，当地的防疫医生跑到律师事务所咨询，是律师的一番解释才改变了他们要把吴万夫推上被告席的初衷；《都市频道》更是捅了"马蜂窝"，电视台的几位记者请来律师，找到市委宣传部和发表他作品的那家晚报，意欲兴师问罪……

朝圣路上

1989 年，吴万夫的小说处女作《阿香》甫一面世，便受到好评，并于 1992 年被郑州电视台拍摄成电视剧。之后，他陆续在《清明》《啄木鸟》《四川文学》《飞天》《山东文学》《雨花》《中国文化报》《文艺报》等报刊发表中短篇小说、小小说、诗歌、散文等 300 余篇（首），获奖 30 多次，他的作品影响着众多读者，成为读者心目中名副其实的作家。

在《挑着的家》一文中，吴万夫不惜浓墨重彩的情景描摹，真实地展现了主人公"他"因为收养了两个孩子而点燃的希望之灯，并不断劳苦奔波的艰辛历程，读来平实无华、朗朗上口，让人肝肠寸断，感动不已。

而更让人难忘的是，吴万夫的小说叙事语言非常有特色，像《有关死亡的三个命题》一文中，对主人公张三骑摩托车的形容是"……摩托的屁股拖着一尾长长的黑烟，趾高气扬，风驰电掣般扬长而去"；在《红裤衩·绿裤衩》一文中，"二球让银儿向东，银儿不敢向西；二球让银儿撵狗，银儿不敢撵鸡"这句话生动形象地刻画出了男主人公二球的粗暴，女主人公银儿的怯弱。吴万夫的小说语言，"似琴瑟管弦，被轻轻奏响……从遥远的天际，慢慢滑翔而来，令人心醉神迷。"

自 1989 年开始文学创作迄今，吴万夫已相继出版《朝圣路上》《挑着的家》《金土》《生命的支撑》等中短篇小说集，并于 2005 年 11 月被批准加入中国作家协会。

令人欣喜的是，近年来，吴万夫的文学创作更是捷报频传。他的散文作品《泪光中的微笑》荣获由人民文学杂志社、中国作家网联合举办的"我与新时期文学"征文优秀奖；中短篇小说作品集《金土》荣获第七届河南省五四文艺奖文学类作品金奖；中篇小说《小村大事》荣获第三届河南省文学奖——青年作家优秀作品奖；他的作品《坠落过程》《看夕阳》同时被收录入由王蒙、王元化任总主编，江曾培任主编的《中国新文学大系 1976～2000·微型小说卷》一书；他的作品集《朝圣路上》《挑着的家》《金土》《生命的支撑》等均被中国现代文学馆永久性收藏……

"我是一只没有棱角的鱼，岸对我没有意义，感知的只是深浅。"由农民的儿子而走向创作道路，由黄土地到省城，吴万夫带着对生活的美好向往，带着对文学的炽烈梦想，孜孜矻矻地行走在朝圣的路上……

一个人不可能把所有的才能都集中在自己的身上。

—— 司汤达

人物和视角
——读吴万夫中篇小说《寻找安全区》
雪弟

在这篇小说中，读者和主人公的认知态度恰恰相反，一个是"看不透"真相，一个是早"看透"了，读者和主人公之间形成了一股强烈的张力，张力越大，人物的反讽色彩越强，同时人生的荒诞意义也越浓厚。

近两年，在《清明》《雨花》《小说月报》等全国大型文学刊物上读了吴万夫不少中、短篇小说，如《金小刀的一九九九》《小村大事》等，最近又阅读了他的《寻找安全区》（《啄木鸟》2005 年第 11 期），感觉到吴万夫的小说写作正日益成熟，其娴熟老到的笔法和深厚的文化意蕴确实让人不可小看。

《寻找安全区》写的是一个"逃亡"的故事，当然也可以说是一个"寻找"的故事。故事主人公娄文生为躲避对手的"追杀"离开家踏上了逃亡之路，他想寻找一片安全的区域。一路上，在各地公安部门的保护下，娄文生成功地躲过了"追杀"，后又安全地回到了家中。但在某个夜晚，因不甘于"束手就擒"，他还是从三楼跳下，结果摔成了残疾。故事大概就是这样，不过有一个重要的事实需要交代，那就是，实际上对手并没有追杀他，这一切只不过是他的臆想而已。所以，这不是一部侦探小说，而是一部有着深刻主题的哲思小说。娄文生是一家公司的副总经理，他与龙副总为争夺总经理之职而成了对手，开始了一场没有硝烟的战争。

面对龙副总的强势与霸气（在一次面对面的殴斗后，龙副总曾扬言要杀掉娄文生），娄文生选择了"逃亡"之路。回头来看，娄文生的不断"逃亡"，表面上是逃离危险，其实他是在制造危险；表面上是在"寻找"安全区，其实他是在一步步地远离安全区。不是对手在"追杀"他，而是他自己在追杀自己。这种行为与结果表明了"逃亡"与"寻找"的荒诞，同时也暗示出一个道理：人往往陷于自己设置的圈中不能自拔。那么这篇小说的意义是如何生成的呢？

首先，我们要谈一下这篇小说的人物。在这篇小说中，涉的人物有不少：龙副总，娄文生的弟弟、叔叔及为数众多的警察，但主要人物就是一个：娄文生。全文的笔墨几乎都挥洒到了他一个人身上，从而为我们塑造了一个人物典型——一个患有迫害妄想型精神疾病的典型。为了塑造好这个典型，作者着重从两个方面来展开，一方面极力描摹人物行为，一方面细致刻画人物心理。在表现手法上，作者使用了夸张与巧合，通过把人物行为和心理进行最大程度的放大——不停地转火车、飞机，退换房间及觉得到处都埋伏着杀手，淋漓尽致地呈现了娄文生高度紧张的精神状态。为突出人物心理的生动与丰富性，作者还使用了不少细节和比喻，尽力把人物的心灵像一个盒子一样完整、清楚地打开在你面前。此外，在对可疑人物和事件的判断上，作者还特别展现了娄文生严密、清晰的逻辑推理能力（尽管这种逻辑推理很可笑，但某些判断确实有现实依据，并符合他的人生和社会经验），这样写就避免了单一性与简单化，而且还为人物的过激行为提供了可能性的注脚。总之，娄文生这个人物典型的塑造是有价值的，它在当代小说史上是独一无二的。从他的身上，我们看到了一个人的紧张感，还有设圈自己钻的荒诞。

其次，这篇小说意义的生成还与叙述视角的巧妙择用有关。大家知道，叙述视角主要有两种，一种是第三人称的全知视角，一种是第一人称的限知视角。这篇小说虽然采用了第三人称叙述者进行叙事，但它采取的并不是全知视角，而是限知视角。所谓限知视角，通俗一点说，就是叙述者借用人物的眼睛来打量周围的世界。《寻找安全区》就采用了这一视角，它通过娄文生的眼光来打量世界，情节的展开与推进也与娄文生的眼光密

切相关，对于娄文生不知晓的事情，叙述者也像不知道似的不作描写和评说。这样就造成了如下效果：娄文生所认为的危险在读者看来根本不存在。它与一些恐怖小说不同，在恐怖小说中，读者和主人公都不明白事情真相，他们的认知态度是同样的。而在这篇小说中，读者和主人公的认知态度恰恰相反，一个是"看不透"真相，一个是早"看透"了，读者和主人公之间形成了一股强烈的张力，张力越大，人物的反讽色彩越强，同时人生的荒诞意义也越浓厚。

总之，人物的成功塑造和视角的巧妙择用使这篇小说具有了深刻的思想意义，使得它在浩如烟海的众多作品中脱颖而出，但这篇小说仍旧存在着不足之处。一是，在情节的推进过程中，新鲜的因素加入不够，阅读的过程中易产生疲倦之感，另外繁复的心理刻画也让人有些压抑；二是，视角运用有混乱之处，有些地方使用限知视角会取得很好效果的，它偏偏采用了全知视角。我不是说视角不可以变换来用，我只是想说在具体的文本当中，保持视角的和谐与统一会使效果更好。

有罪是符合人性的，但长期坚持不改就是魔鬼。

——乔叟

敢问路在何方

——读吴万夫中篇小说《寻找安全区》

周莹

他那颗被恐惧攫取的心已容纳不下"真、善、美"，人间最本真的感情就这样遭到无情的扼杀。即便是娄文生如愿找到了安全区的大门又能怎样？真门易进，心门难开，敢问通往人心的安全区，路在何方？

乍看《寻找安全区》这篇小说名，我简单地以为它只是讲述一个寻找安全的避难所的故事。读罢全文，方才明白作者的别具匠心。某公司副总娄文生与龙副总因为生意场上的勾心斗角而引发的一次偶然斗殴事故带给娄文生异常的恐惧与压力成为其"逃亡"的导火线，在娄文生"亡命天涯"的过程中，他无时无刻不在感觉到周围有股莫可名状的危险向他袭来，搞得他惶惶不可终日，仿佛一架永不停转的机器时时刻刻为"逃亡"准备着。他的神经太紧张了，让读者不禁对这颗"恐惧的心"为之一震，为这个"可怜人"掬一把同情泪。

纵观娄文生的"逃亡"，我觉得有几分荒诞与可笑，因为他总是在自己吓自己，并在自己精心布置的罗网中四处逃窜，犹如一只惊弓之鸟。他的心思一刻不停地想着如何摆脱"跟踪"这件根本没有的事，更可笑的是，他在感到"末日来临"时，开始写"逃亡"日记，以防遭遇不测。笑过之后，隐约地感到某种悲哀，凤凰尚且于烈火中再生，可是自诩为

"宇宙的精华，万物的灵长"的人类在面对危险，甚至还不是真正的危险时，就已经表现得手足无措，只知一味茫然地寻找安全区，试图逃避危险。这对于读小说的人来说，无疑是一个极大的反思，一次心灵的拷问。它意在告诉读者荒诞的背后隐藏着的是严肃与哀伤。

就该小说的内涵及叙事特色而言，有以下几个方面：

1. 小说以"荒诞主义"的表现手法夸张地再现了娄文生极力躲避"追杀"时的恐慌与狼狈，让读者真切感受到普通人强烈的危机意识，看到一颗跳动不安而又急于寻求归宿的受伤的心灵。娄文生因酒醉壮胆猛推龙副总一把，气急败坏的龙副总丢下一句："小心老子找人做了你。"从此，娄文生开始了"逃亡"的生涯，可是无论他走到哪里，总感觉有人在"跟踪"他，可以说他的生活几乎是在"跟踪与反跟踪"的担惊受怕中度过的，并且作者安排富有学识的娄文生的表弟帮助他"逃亡"，更加强了故事的荒诞性。娄文生不止一次地频繁地更换住所以示寻找安全，但是他始终破除不了心中那道猜疑与惧怕的防线，也就是说，他终归没有勇气走出自己心中的"危险区"，因而他觉得哪儿都不安全。惊惧、无助、惶恐如无数蛀虫一样啃噬着他的内心与神经。终于他彻底崩溃了，患了"精神分裂症"。可以说，是他自己亲手将自己送上这条悲剧的道路。然而，他并未觉察到这一点，以逃避的方式解决问题，总是自作聪明地聊以自慰。试问这个"精神末路人"何时才能大胆地走出心灵的"围城"？因此，我想说这是《寻找安全区》的第一个内涵，具有强烈的反讽意味。

2. 雨果曾在《克伦威尔序言》中提出"对照原则"，在这篇作品中亦有出色体现。娄文生为将自己从"险境"中解救出来，对周围热心帮助他的人都持有敏感的戒备心理，这似乎成了他自保的本能。帮他看包的女人，好心的胖司机，送他去西安市热情的女司机这些"真、善、美"的化身，在他眼里不过是"危险分子"，唯一的安全就是远离他们，越远越好。加之自己"落架的凤凰不如鸡"的遭遇，他那颗被恐惧攫取的心已容纳不下"真、善、美"，人间最本真的感情就这样遭到无情的扼杀。即便是娄文生如愿找到了安全区的大门又能怎样？真门易进，心门难开，敢问通往人心的安全区，路在何方？

3. 作者以敏锐的洞察力，细腻的笔触深刻挖掘主人公的内心世界，展现了特定的社会环境下主人公的精神世界，加重了主人公的悲剧性。这也是该小说最突出的特点。另外，作者独到的运笔之处还在于采用意识流、梦境、镜头闪回等特技向读者展开一个灵魂的诉说，同时注意将主人公的主体心理与外在环境相融通，借助环境渲染主人公内心的孤独与无助。在浓郁的悲剧氛围中塑造娄文生这个有机整体。作品意在通过人物心理活动向读者揭示出当人们面对前所未有的生存压力时表现出本能的求生欲，从另一侧面暗示了社会治安状况不健全带给人们心灵上的惶惑与无助，从而产生寻找安全的强烈欲望。而娄文生只是这类人中的一个特例。

4. 在结构安排上，作者精心设计一系列偶然、巧合事件，如在娄文生出事的那天，总裁要他接机；在他给妻子打电话时，发现对面的小伙子一直在注意他等，以此来推动情节紧张地向前发展，使矛盾逐渐激化，把主人公一步步引向必然的悲剧结局。作者对于"黑色幽默"的结局处理乃是点睛之墨，发人深省，各式各样的防盗装置保证得了人身安全，可是又有谁来拯救这个有心理缺陷的人呢？经过一番疲惫的左冲右突后他回到了商城，可是在态度和善友好的龙副总面前，他依然不寒而栗，惶惶躲过，甚至总能敏感地捕捉到杀机。这颗由于缺乏沟通与信任而日渐残缺、扭曲的心何时才能恢复正常？"在那个夜晚，娄文生本能地跳下窗子"，面对不是危险的"危险"，娄文生却选择以死来逃避，这个孤立无援的人又是何等的无奈与悲哀。我不知道作者在唱响"人性赞歌"的同时是否也在奏响一曲"人性的哀歌"。

5. 小说运用第一人称有限视角巧设悬念，使得情节更为惊心动魄。

作者放弃自己的眼光，不对作品中的人物加以主观评论而是采用主人公娄文生的眼光叙事。这样一来，作品中所展示的人、物、事无不染上了主人公的主观色彩和偏见。可是读者依然是清醒的，跟随主人公进入情节却不会因他的超常行为而有失冷静地思考，所以它留给读者的思索空间是极大的，从而也为作者灵活使用叙述语言制造了机会。

《寻找安全区》看似一则荒唐的"逃亡记"，背后演绎的却是一部"精神困扰者"的辛酸史。

大多数人是保守的，不轻易相信新事物，但能容忍对现实中的众多失败。

——卡莱尔

关注小人物的命运和生存状态

——河南吴万夫论

陈勇

大山不语，是因为它的宽容，才有优美无限的自然风光；大海蔚蓝，是因为它的宽容，才有深邃博大的底蕴；谷穗低头，是因为它的宽容，奉献给人类沉甸甸的果实。世间万事万物，都以它的宽容为世界创造奇迹，给生命赋予活力。

　　吴万夫，男，中国作家协会会员。迄今已在《清明》《啄木鸟》《四川文学》《飞天》《雨花》《中国文化报》《文艺报》等全国数百家报刊发表中短篇小说、诗歌、散文、评论等300余篇（首），逾百万字。小说处女作《阿香》1992年被郑州电视台拍摄成电视剧。作品荣获《人民文学》散文奖、《飞天》征文奖、《微型小说选刊》第二届"我最喜爱的微型小说"奖、第七届河南省五四文艺奖文学类作品金奖等各类文学奖项40余次。中短篇小说被《小说月报》《中华文学选刊》《作家文摘》《读者》《青年文摘》等转载，部分作品被收入《中国新文学大系1976～2000年·微型小说卷》《世界华文微型小说双年选》《百年百篇经典微型小说》《中国新时期微型小说经典》《小小说十才子集》等多种选集和中小学语文教辅教材。数篇作品被译介至加拿大、土耳其等国。其中，小说《坠落过程》被收入土耳其大学教材《汉语阅读教程》下册第五课。已出版中短篇小说集《金土》《朝圣路上》《挑着的家》《生命的支撑》《捡回的忧伤》等。现供职于河南日报报业集团。

吴万夫微型小说特色显著，主要表现在以下三个方面：

一、将人的异化揭示得触目惊心、振聋发聩。

驴，哺乳纲，马科。性温顺，富忍耐力，但颇执拗。易饲养，抗病力较其他马属动物强，寿命比马长。《本草纲目》说它"长颊广额，磔耳修尾，夜鸣应更，性善驮负。有褐、黑、白三色，入药以黑者为良。"千百年来，驴始终是一个受侮辱与受损害的悲剧形象。《画驴》中的李鱼，因屡次受到顶头上司刁难，便画了一幅《驴》，以驴自喻，忍辱负重，几经磨难，终于熬出了头，被提升为部门经理。上任伊始，公司便为其配备了一名下手。没想到，人一阔脸就变。李鱼依葫芦画瓢用顶头上司对付他的一套，又对付手下。更具有讽刺意味的是，新来的大学生也爱画驴，画技远在李鱼之上，并且作了题款：黔之驴，吼尽踢完悲乎哉？看来，这位手下比当年的李鱼更倔强更执拗也更有威胁。李鱼理所当然地要寻找一个冠冕堂皇的理由打发手下走人，以除后患。没有天敌的动物往往最先灭绝，有天敌的动物则会逐步繁衍壮大。道理很简单，有天敌就必须时时警惕，并要锻炼出对付天敌的本领。人亦如此。李鱼应当感谢他的顶头上司处处与他作对，不然，就不会有仕途上的飞黄腾达。然而，一旦失去对手，李鱼的前途则令人担忧。因此，没有必要厌恶你的对手，憎恨你的对手，而应该感谢你的对手。真正让你成熟起来的不是顺境，而是逆境；真正让你热爱生命的不是阳光，而是死神；真正促使你奋发努力的不是优裕的条件，而是遇到打击和挫折；真正让你成功的，也许就是你与对手的竞争。

受人滴水之恩，应当涌泉相报。这句俗话没有错，但凡事皆有度，如果一而再、再而三地要求受恩者涌泉相报，甚至用生命报答，未免不近人情，甚至有些残忍。古人云："壁立千仞，无欲则刚；海纳百川，有容乃大。"为人处世，当以宽大为怀。滴水者也要学会换位思考，宽容受恩者。明代洪应明说："处世让一步为高，退步即进步的张本，待人宽一分是福，利人实利己的根基。"大山不语，是因为它的宽容，才有优美无限的自然风光；大海蔚蓝，是因为它的宽容，才有深邃博大的底蕴；谷穗低头，是因为它的宽容，奉献给人类沉甸甸的果实。世间万事万物，都以它的宽容为世界创造奇迹，给生命赋予活力。《圣经》说："你待人当如人待你。"西方人主张这是为人处世的黄金规则。这就是说，别人待你的方式，是由你对待别人的方式决定的。这是一条普遍适用的规律。你能宽容别人，别人也能宽容你。这样，人际关系才能融洽。《我欠王鸽一枚蛋》给我们诸多思索。

光棍拾娃好不容易娶了一位如花似玉的女人——阿香，小两口日出而耕，日落而息，亲亲热热就像生活在蜜罐中。可是，身在幸福之中的拾娃在听了几个男人的玩笑话之后，就开始怀疑起阿香来。一日清晨，天刚蒙蒙亮，拾娃就起来了，匆匆擦把脸对女人说："阿香，我今天要到城里办事，恐怕夜里回不来了，你在家注意门呢……"半夜，拾娃偷偷溜回家，被阿香当坏人抓破了脸。阿香得知真相后，病倒了——是心病，永远也好不了。阿香回到山那边后，再也没有回来过。"只有那小河的水依旧在不分白天黑夜呜呜咽咽地流。"小说结尾堪称神来之笔，对拾娃的批判达到了高潮。这种无声的批判，起到了此时无声胜有声的美妙艺术效果。

二、抒写人性之美，描绘人间真爱。

他自己以乞讨为生，却捡了一个两三岁的瘫子女孩和不到半岁的瞎子男孩，挑着他们浪迹天涯四海为家。"小镇的人们还看到：尽管他不会做饭，但他一日三餐都在做饭。他是在极力模仿生活，模仿过一个普通家庭的平常日子。他讨饭从不在外面吃。他每次都把讨来的饭菜带回'家'，再生火重做一次，和两个孩子共同分享。并且每次他都要把灶火烧得浓烟滚滚，直冲云天。"《挑着的家》唱响了一曲爱的颂歌，让我们想起了一首歌《让世界充满爱》："只要人人都献出一点爱，世界将变成美好的人间。"

奔驰的列车上，"我"对好奇男孩编织了一个善良的谎言——"我"患了肝癌。一时之间，"我"成了列车上的焦点人物。一个大胖子对"我"说："回家后给你抄一个祖传治癌秘方，不收一分钱。"周围的人纷

纷上前安慰"我"，一位欲寻短见的老大爷幡然醒悟，表示下一站就坐车回家。大家异口同声唱起《祝你平安》，让人感到人间处处充满爱。

《坠落过程》中，当她三岁的儿子从阳台上坠落下来时，"但谁也不会想到，就在他们闭上眼睛的一刹那，却有一道黑色的旋风，从他们眼前呼啸而过，绕过所有的障碍物，穿过一条十几米宽的马路，向她的儿子坠落的地方冲去。当人们愣怔过来的时候，发现她正跌坐在地上，三岁的儿子在她的怀里哇哇大哭。儿子安然无恙。她却脸色惨白。"这是一篇关于母爱的潜能发挥到极致的作品，小说将人性之美与人间真爱，描绘得淋漓尽致，感人至深，荡气回肠。

一对看夕阳的老人，在山崖如醉如痴地欣赏夕阳美景的时候，突然发生意外，他不小心滑下山崖，幸好被老伴拽住。在众人的帮助下，他终于获救了，但老伴却从此再也站不起来了。每天，他都要推着老伴去看夕阳。这个镜头定格于人们的脑海里，成为夕阳里美丽的一景。

吴万夫的《看夕阳》，为我们讲述的虽是一则外国老人的生死恋，却同样感动了千千万万个中国人！俗话说，夫妻本是同林鸟，大难临头各自飞。然而，这对看日出的外国老人，却用实际行动否定了这一流传甚广的说法，为爱的画廊又增添了一道亮丽的风景。

最美不过夕阳红/温馨又从容/夕阳是晚开的花/夕阳是陈年的酒/夕阳是迟到的爱/夕阳是未了的情/多少情和爱/化作一片夕阳红……

夕阳是美丽的，看夕阳的老人是美丽的，看夕阳过程中发生的故事，更是美丽的。

三、语言凝练而生动，简洁而传神，富有生活气息，耐人咀嚼，回味无穷。

"阿香停止了啜泣，抬起头茫然地审视着拾娃。透过朦胧的夜色，她看清楚了，拾娃的脸上挂着几道手抓的血痕，深深的，如一个血鬼。阿香这才真正明白了一切！于是她又酸楚地哭起来。但这一次，她却没有哭出

声，只是紧紧咬着枕巾，在心里幽幽咽咽地抽泣。"（《阿香》）

"忆莲把一颗通红的钉子，一直钉到王木匠的坟土里，直至看不见为止。忆莲边钉边恶狠狠地骂：'王木匠，你个遭瘟的，你终于也有了今天！我要把你钉在地底下，永世不得翻身……'忆莲扔了锤子和钳子，猝然抱头大哭起来。"（《端坐在阳光下的女人》）

"二球让银儿向东，银儿不敢向西；二球让银儿撵狗，银儿不敢撵鸡。"（《红裤衩·绿裤衩》）

"摩托车的屁股拖着一尾长长的黑烟，趾高气扬，风驰电掣般扬长而去。"（《有关死亡的三个命题》）

"但东爷对狗，却毫无惧色。那些被东爷治过病的狗，往往见了东爷，多远都要跑过来，摇头摆尾，舔东爷的手，上东爷的身子，亲密无间。人们都羡慕东爷能和狗打成一片。"（《做人》）

只要持之以恒，知识丰富了，终能发现其奥秘。

——杨振宁

作品要有益于世道人心

——吴万夫访谈录

陈勇

作家写作品，通俗的比喻，就是为自己建造房子，对质量的要求自然就上升一个高度。每个人在建造房子的过程中，技术水准不一，但态度决不能含糊，哪怕是一砖一瓦，也要经过严格地挑选，决不能允许瑕疵存在，马虎不得。

陈勇（中国作协会员，小小说作家网特约评论家，以下简称陈）：鲁迅弃医从文，成为中国文学的一面旗帜。你弃医从文，取得了有目共睹的文学成就。你弃医从文的动机与目的何在？

吴万夫（中国作协会员，以下简称吴）：关于弃医从文这个话题，几位采访我的作家、评论家及记者朋友们均涉及过，因为道路选择的相似性，他们很自然地拿我与鲁迅先生作类比。说实话，每当他们提及这个问题，我都有些紧张，很汗颜。鲁迅先生是一座丰碑，永远是我敬仰的大师，拿我与鲁迅相提并论，未免会让我惶惶然（事实上我是没资格的）。

你要问我弃医从文的动机和目的，其原因是多方面的。我从小所处的家庭环境非常艰难，兄弟姊妹多，母亲 10 余岁时就双目失明了，父亲也长年有病，可谓债台高筑，常常是吃了上顿愁下顿，苦不堪言。就是这种特殊的生活环境和经历，让我从小就立下志愿，长大了要做一名作家，为

我苦难的父老乡亲著书立说，写出他们的喜怒哀乐。在这一点上，我倒是时常为自己选择文学而自豪，因为我觉得，文学是表达我心灵的最好一种方式。

人生总是为理想而活着，就像鸟儿牵挂蓝天选择了飞翔。我从小的愿望是考上大学，当一名人民教师，站在三尺讲台上，为学生传经布道，解惑授业，觉得做老师是最为神圣的。但因为家庭的原因，我又清醒地认识到，我即使能考上大学，贫穷的家庭也没法供我上得起大学，我别无选择。我开始之所以选择医学，纯粹是出于一种人类最朴素、最本真的愿望，那就是为了生活，为了生存，为了学会一门可供吃饭的技术；但当我真正意识到手术刀只能解剖肉体，而无法游走在更多人的精神层面时，我毅然选择了弃医从文。关于这一点，我不想矫情地避讳，我确实是选择了与鲁迅一样的路子，无论我的选择是有意识还是无意识的，但我的愿望是真挚的。虽然我不可能取得大师那样的皇皇成就，但我会向大师看齐，始终把他们作为我的人生坐标。至于结果如何，我不敢妄下断言，但我会像每个人一样，坚信一个道理：过程是美丽的。

陈：在写作过程中，你是如何处理小与大、生活真实与艺术真实、歌颂与揭露之间关系的？

吴：你的这几个问题，看似简单，但要我一下子回答出来，还真有一些难度。如果就你的这些问题一一展开回答，就不是三言两语的事情了，也不是在"访谈录"里轻易就能解决得了的，因为这些问题是每位创作者都会面对的课题。如果让我简单地概括如何处理这些关系，我想作家首先要把握一个"度"字。打开词典或是在百度搜索，对"度"的解释多达

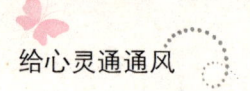

十几条：1. 计算长短的器具或单位；2. 事物所达到的境界；3. 哲学上指一定事物保持自己质的数量界限……

俗话说，"尺有所长，寸有所短"。每个人都有自己的长处，也有自己的短处，如何处理好"长"与"短"的关系，说穿了还是离不开一个"度"字。一个作家，在创作过程中，如何处理小与大、生活真实与艺术真实、歌颂与揭露之间的关系，"度"就成了一把检验你的艺术水准的标尺。关于描写二战的作品很多很多，但美国作家奥莱尔的《在柏林》，用了不足400字，就表达出了战争给人民带来的创伤，其震撼力和冲击力绝不逊色于任何鸿篇巨制和残酷的战争电影。同样，一个宏大的题材，当你处理不当，或是缺少了艺术把握和驾驭的能力，写出的东西少了"内核"，没有多少实质内容，自然会被别人丢弃一边的。如何处理"小与大"，也是对每位作家的智慧的考验。

作家在创作中一定要遵循艺术规律，要明白生活的真实不等于艺术的真实。常常，我们会听到某人对某部电影或小说指指点点道："这个地方看起来就很虚假！""这个地方一点儿也不真实！"……显然，被人们指认为"虚假"和"不真实"的地方，就是因为作者闭门造车、胡编乱造，在创作中违背了艺术规律。有时候，生活中发生的某个事件或细节，属于个例，带有一定的特殊性，即使真实地发生和存在，但因为不具有普遍性，当我们不加艺术处理而直接照搬到作品中，难免会让人质疑。

说到"歌颂与揭露"的问题，也值得每位作家深思与警醒。生活有真善美，自然就有假恶丑，这是生活规律，是两种对立的哲学范畴。我们歌颂"阳光"，是为了让人们更加积极向上；我们揭露"阴暗"，是为了让人们更加珍爱生活。因此，大而无当的"歌颂"，有给人沦为"政治工具"之嫌；没完没了的"揭露"，难免令人产生消极颓废情绪，这是一个民族不可取的。"歌颂与揭露"，应该是一种辩证关系，需要作家冷静客观地面对。

陈：你为何格外关注小人物的命运与生存状态？你特殊的生活经历，是否成为你写作的精神财富与动力？

吴：如果把社会比喻成一座金字塔，那么小人物（又曰底层人物）则是构成整座塔的基座。历史虽然是由胜利者写的，但站在金字塔最底层的，仍然是无以数计的小人物。关注底层人物的生存状态，表达他们的情感诉求，应该是每位作家义不容辞的责任与义务。无论哪个国家的政党或政要，都不会忽视这种来自民间的立场和声音。表达对底层人物的关切，其实是关乎整个社会平稳、有序、健康、和谐地发展，也是一个有责任感的作家最起码的态度。由于我出身于农村，这么多年又一直漂泊在城市，所以对底层人物一直有着难以割舍的情怀，自然对他们投过去更多温情的目光。他们为我们的社会建设作出过巨大贡献，付出了很多血汗，但劳动与报酬往往很难成正比，是社会保障系数最低的一群人，由于身份地位诸多原因，依然遭到来自方方面面的误解甚至歧视，受到不公正的待遇，关注他们的生存际遇，其实就是梳理我们社会不和谐的声音。

高尔基说过，文学即人学。一名作家，只有经历多了，才能对人、对社会乃至整个时代有了全新而深入的把握与理解。人，总是在不断的经历中，才能感知更多的人和事，才能由幼稚走向成熟。经历，对一名作家来说，是取之不竭的矿藏，是创作的源泉。古人言，世事洞明皆学问，人情练达即文章。只有你经历多

了才能长学问，只有你懂得了人情世故，才是写好文章的关键。这些都是强调生活经历的重要性。苦难的生活是每个人都不希望面对的，但对于一名作家而言，未必就是坏事。无论生活的逆境对我多么严酷，我从没有颓废沮丧过，我总是告诫自己说，这是上帝对我的磨砺，是馈赠给我的最好礼物。无论顺境或逆境，我对生活始终怀着虔敬、感恩之心。由于特殊的生活经历，在我的心中总是涌流一份别人无法体会的情感，想写的东西很多，信手拈来，都会成为我的创作素材。因此，特殊的生活经历对我而言，确实是一笔巨大的精神财富与动力。

陈：《阿香》堪称同类题材的佳作，作品的思想与倾向是"从场面与情节中自然而然地流露出来"（恩格斯语），我尤其欣赏小说中这种不露声色的叙述。请谈一下此文的创作过程。

吴：《阿香》是我在公开刊物上发表的小说处女作。关于《阿香》的创作过程，应该说是带有一定的偶然性。20年前，我刚考进当地的一所卫生学校，年龄不到20岁，是正儿八经的一名学生。一个雨夜，同学们都回寝室去了，我一个人坐在教室的窗下，聆听着窗外滴滴答答的雨声。也许是情窦初开，在那个雨声敲打孤独的夜晚，我的意识里充满了对异性的无限向往和崇敬之情，觉得女人是这个世界上最伟大、最美丽的人，我应该为女人写一篇作品！在这个强烈的意识支配与驱使下，我顾不上休息，一个人静静地端坐在窗下，奋笔疾书，开始了《阿香》的创作。或许是情感的特别炽烈，我是一口气写完《阿香》的。我久久地沉浸在《阿香》所营造的凄美的氛围里，进一步认识到女人的可贵，获得美的不易……

没想到的是，当我带着这篇作品应邀参加由光山县文联举办的"映山红文学笔会"时，竟然引起《百花园》编辑老师的关注。他们开始以为写作这篇作品的人已经结婚了，所以才有了这种情感的独特体验，当了解到我的学生身份后，对我更是倍加关注，我也成为那次笔会关注的焦点……更令我没有想到的，这篇小说处女作在1992年还被郑州电视台拍摄成电视短剧——呵呵，这是题外话，扯远了，就此打住。

陈：你在《杂想杂说小小说》一文中说："每个作家都是在为自己建造房子"这句话既形象生动，又颇有见地。请问：你是如何为自己建造"房子"的？你最终会将"房子"建成什么形状、多大规模？

吴：这是一个关于作家的创作态度的问题。被誉为"人类灵魂工程师"的作家，是在为众多的人创造精神产品，满足广大人民的精神需求。作为一名小说作者，我要力争使自己的作品被更多的人接受和认可。

作家写作品，通俗的比喻，就是为自己建造房子，对质量的要求自然就上升一个高度。每个人在建造房子的过程中，技术水准不一，但态度决不能含糊，哪怕是一砖一瓦，也要经过严格的挑选，决不能允许瑕疵存在，马虎不得。因为，这盖出的每一栋"房子"，不仅仅是大小舒适的问题，还牵涉到众多人的"安全"问题。汪曾祺曾在一篇文章里这样表达自己的创作观："我有个朴素的古典的中国式的想法，就是作品要有益于世道人心。过去有人说，文章千古事，得失寸心知，得失者先是社会的得失……一个作品写出来放着，是个人的事情；发表了，就是社会现象。作者要有'良心'，要对读者负责。"我想，一个真正有"良心"的作家，势必肩负起对时代、社会、读者负责任的态度，定会按最高标准积极建造属于自己的"房子"。

至于我最终会将"房子"建成什么形状、多大规模，我一时不好说。好在，我正在努力建设中，即使盖不出金碧辉煌的大厦，也一定持严谨端正的态度。但愿我的努力，不会辜负你与众多读者的期待。

莫等闲，白了少年头，空悲切！

——岳飞

生活美酒 原汁原味

——吴万夫小小说《乡下丫头小慧》赏析

李弗不

古人云：文章动人者，莫先乎情，事实才能情真。我们说，文章有两种写法：写虚、写实。而比较起来，写实更容易获得美感，写出真情。

在生活中，我们都有这样的体会：凡是用饲料喂养的猪肉、鸡肉、牛肉、羊肉、狗肉、鱼肉等一切肉类食品，全都不好吃，比起野外放养、"土生土长"的肉类食品来说，饲料喂养的味道就差远了。

食品如此，作品也不例外。我们不喜欢人为拔高、吹嘘浮夸、矫揉造作的作品，我们喜欢"土生土长"、原汁原味、亲切自然的作品。著名作家吴万夫的小小说《乡下丫头小慧》，就是一篇原汁原味、亲切自然的佳品。

一、故事情节真实、自然，毫无虚构的成分

写文章，什么最能打动人呢？当然是真情实意最能打动人。而要写出真情实意，最好最省力的办法就是写真实的生活，写自身亲历亲为的事情。

《乡下丫头小慧》其故事情节不仅简单，而且真实、自然。小慧是"我"远房堂姐的女儿，她刚刚高中毕业，她第一次来省城的"我"家，

"我"和妻子开车去火车站接她，小慧一身土得掉渣的衣着，让城里人的妻子感到不快，甚至猜疑小慧来城里的目的。而小慧到"我"家以后，不但没开口借钱，还毫不犹豫地掏出两百元给"我"女儿做见面礼，更为特别的是，小慧进浴室盥洗换装后，一身得体而洋气的打扮，不仅看傻了"我"，而且惊呆了妻子，以至妻子对小慧的看法和态度，来了个一百八十度大转弯，并啧啧赞道："小慧，你好有审美眼光呀！你看你，这身衣服多合体呀，穿在身上，走在街上，跟城里的姑娘一样呢！"最后，小慧说出来城里的目的，以及来时为何那样穿着。故事到此戛然而止，自然、亲切，完全按照生活的原样写来，丝毫没有夹杂虚假的成分，无论谁读起来，都会感到真实可信。

古人云：文章动人者，莫先乎情，事实才能情真。我们说，文章有两种写法：写虚、写实。而比较起来，写实更容易获得美感，写出真情。历来的文章都证明了这一点。如李密的《陈情表》，如实地叙述自己孤孤单单，与祖母刘氏相依为命的真实生活，最后，不仅打动了晋武帝，而且还获得了后人"沛然从肺腑中流出，殊不见斧凿痕"的高度称赞。再如归有光的《项脊轩志》，从真实的日常生活中选择那些感受最深的细节的场面，借项脊轩的兴废，写与之有关的家庭琐事和人事变迁，表达了人亡物在，三世变迁的感慨以及对祖母、母亲和妻子的深切怀念，极为真切感人。在这一点，《乡下丫头小慧》深得个中奥秘。

二、人物设计真实、自然，栩栩如生

小小说所写的人物，基本上都是生活的原型人物，甚至完全可以等同于生活中的某某某了。"我"、妻子、小慧，包括"我"的女儿，都完全可以看作是真有其人，或就是作者一家人和其亲戚，以至于写起来就栩栩如生了。如主人公小慧，美丽、活泼、开朗、稳重、睿智、有礼貌等性格特征，表现得生动形象而又淋漓尽致；妻子的冷淡、偏见、小气、嫌贫爱富等性格也同样表现得生动形象而又淋漓尽致。小慧和妻子这两个人物是作者着力刻画的，并让她们形成鲜明的反差、反衬，来表现主旨。特别是刻画主人公小慧，运用了欲扬先抑、以小见大的手法，再加上真实的细节

描摹，已然历历在目，并呼之欲出了。

三、斗转真实、自然，而又出人意料

我们说，写小小说最最关键的是，突然斗转和翻出一层新意，也就是要写出人人心中有而个个笔下无的新意。这篇小小说的突然斗转处，无疑是在快收尾处的小慧的出人意料的回答："婶子，我这可是自我保护呢！我一个女孩子，出门在外，还是不招摇的好，我有意穿上很普通的服装，就是不希望引起别人的注意，这样更有安全感呢……"正在大家特别是妻子无法理解小慧前后着装不同原因的时候，小慧一语道破天机，这一语既符合生活的真实，又出人意料。全文的所有铺垫，水到渠成般地自然地汇合于此，形成井喷势态，并将仅仅表现农村富裕起来了、摆脱贫穷落后面貌了的浅层次主旨大大地向前推进了一步，上升至了人的素质的提高才是如今的农村和农村人真正变化的深刻主旨。朴实中包含真诚，平凡中显示优秀，大俗中蕴藏着大雅，主人公小慧结结实实地为作为城里人的妻子上了一课，也同样为我们读者上了一课。

伟大的作品不是靠力量，而是靠坚持来完成的。

——约翰逊

谈谈吴万夫小小说《阿香》的异彩

徐 涛

对于《阿香》这篇雅俗共赏的作品，如果我们把它当成民间故事，那它将是民间文学的经典之作；如果把它看作小说，那么，它是一篇很有异彩的小说。

　　《阿香》是作家吴万夫小小说集《朝圣路上》的首篇。它已于 1992 年被郑州电视台拍成电视剧，是一篇很有异彩的佳作。

　　首先，引人注目的，是它浓郁的民间色彩。小说情节比较单纯、曲婉，写的是"民间"的故事，借用的也正是民间文学的笔法。文中以"拾娃大了"，表示故事发生的时间；以"山那边的老树林里""河那边的人家"，表示地点；以阿香一去不返，"只有那小河的水依旧在不分白天黑夜呜呜咽咽地流"结尾。时间、地点，都比较含混。甚至，连拾娃娶不到媳妇的原因（即文中所说的"遭遇"），也略而不述，却让我们从"拾娃"的名字上去猜测、品味。这种故意为之的模糊语，不但行文简洁，给人留下想象余地（即人们常说的"留白"、潜台词），而且，使文章有一种古朴的神韵。

　　其次，小说富有抒情色彩的诗意语言的描摹，也情韵独具。请看，开篇写拾娃找不到对象的烦恼，就令人难以忘怀："（拾娃）便在山那边的老树林里，扔下镰刀，丢下牛草，挺着胸，仰着脸，手放在嘴上握成筒状，对那枝叶阴翳望不到天日的树盖，扯起嗓子放肆地大喊大嚷：'啊——

嗬——嗬——嗬——嫁给我吧——啊——嗬——嗬——嗬——'"这个细节的描写，可谓新颖大胆！用富于浪漫情趣的笔墨，既形象准确地写出拾娃的苦闷心情，又酣畅淋漓地传达了他对爱情的极端渴望；同时，也把山里小伙子的粗犷和率真，表露无遗。"扔""丢""挺""握"等几个动词的传神运用，不但通过连续的动作、姿势传达出拾娃的心态，而且，行文有一种喜剧幽默效果。字里行间饱含着作者无限的同情。

又如："拾娃讲故事般娓娓地向她叙述自己的遭遇。那姑娘也像听故事般久久一动不动地沉浸在回味中。那时，泪水不知不觉从她的脸颊上簌簌爬下……有一次，拾娃竟猝然发疯般扳住她的双肩，流着泪说：'嫁给我吧！'那姑娘便不作声，垂下长长的睫毛，默默地摇摇头又点点头"。"沉浸"一词，准确地写出她对拾娃命运的深深关切和怜悯；"（泪水）簌簌爬下"，笔触深入一步，以生动形象的语言，传神地勾画出阿香的温柔多情、极富同情心。"不作声""垂下长长的睫毛"，描绘阿香的思索状、柔情状，难以言说的幸福感和将为此而付出代价所表现的沉默。"摇摇头"，也许是她感到很害羞，很慌乱，下意识作出的一种心理掩饰，也许是想到拾娃的处境，犹豫之下，暂作的推脱；"又点点头"，镇定下来，感其情，怜其意，抛却顾虑，同意而又难于启齿，只好点头以示默许。这段摹写，文辞精美，细腻传神；清新隽永，诗意浓郁，言简意丰。特别是"摇摇头又点点头"，写得朦朦胧胧，扑朔迷离，而又婉转雅致、真切动人，含不尽之意于言外。一纯情少女，宛然可感。

再如："小两口，日出而耕，日落而息，亲亲热热就像生活在蜜罐中。他们在田间，有说有笑的，时不时还免不了孩子般追逐打逗一番。疯累了，笑够了，拾娃便直盯盯瞄着阿香的脸说：'阿香，和你在一起再苦再累也甜着哩……'于是阿香便抿着嘴嗤嗤地笑"。这段写意式的白描，用纯乎诗意的语言，将小两口的甜蜜幸福，写得天真烂漫、阳光灿烂、如歌如幻……

作者通过这些或古朴清新，或欢快浪漫，或真挚曲婉等笔墨的传神描摹，寓作者情感于其间，很有艺术感染力。

此外，文中自始而终，交错使用双声、叠韵、叠字等词汇，使小说有一种奇异的魅力，更是作者的创造。双声词，如恍惚、阴翳、粗糙、圆润、幽怨、仓促等。叠韵词如：攀谈、叙述、姜汤、嘱咐、仓皇、奔涌等。其中双声和叠韵词中的阴翳、奔涌等，还属于诗体词。三字格叠词，有空落落、瞎嚷嚷、直呆呆等。叠字（又称叠音）词更多：怅怅的、嘤嘤地、哀哀的、怯怯地、悲悲切切、幽幽咽咽、哽哽噎噎等。文中的这些双声、叠韵、叠字等词汇的大量运用，形成一种描述性抒情语言载体，达到文风的统一与和谐，文章始终弥漫在一种亲切感人的抒情氛围之中，也别有洞天。

总之，对于《阿香》这篇雅俗共赏的作品，如果我们把它当成民间故事，那它将是民间文学的经典之作；如果把它看作小说，那么，它是一篇很有异彩的小说。

为学须刚与恒，不刚则隳隳，不恒则退。

——冯子咸

用血与牙齿换来的幸福

——吴万夫小小说《看夕阳》赏析

韦瑞豪

在她的眼中生命是多么的可贵！但为了人间最
伟大的爱，生命在她的眼中又是如此的轻于鸿
毛。我想在那时候她心里除了坚持、坚持、再
坚持之外，肯定还有另外一个信念，就是宁愿
同死也不愿独活。可见爱是多么的伟大。

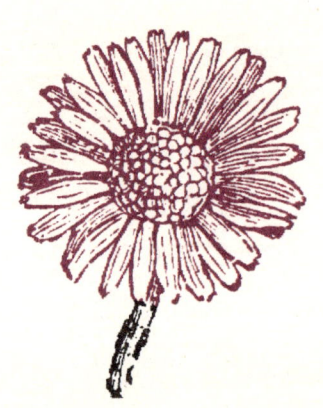

　　读完全文，我被深深地感动了。感动之后就是深深的掩卷沉思。一个
发生在夕阳西下之时的故事，把人世间最伟大的爱刻画得令人不能不
感动。

　　文中"当初你干吗拼命救下我这个糟老头子呢，亲爱的？你看你牙
齿……"，"亲爱的，我知道我当时一松口，那么失去的就是一生的幸
福……"这两句看似诙谐幽默的对话却富含深沉的情意，引起读者深深的
思考。到底什么样的人生才是幸福的人生呢？像文中的老太婆那样剩下的
所有时间都要在轮椅上度过是一种幸福吗？再看老太婆的回答，"亲爱的，
我知道我当时一松口，那么失去的就是一生的幸福……"回答很明了地告
诉了我们她把握好了她一生的幸福，尽管为了这幸福她付出了很惨重的代
价。但是值得！

　　文章的题目也起得很好：《看夕阳》。夕阳总会让人感到"夕阳无限
好，只是近黄昏"的悲凉。年纪已经很老的老人了，对这世间也该没有太

多的留恋了。当生命悬于一线的时候，本可以放手安心地西去的了，又何必受那么多的痛苦呢？只要一松口不就什么都解决了吗？但是文中的主人公没有，她在坚持，她在用一颗坚毅的心，和死神相峙，争夺，并且取得了胜利。在她的眼中生命是多么的可贵！但为了人间最伟大的爱，生命在她的眼中又是如此的轻于鸿毛。我想在那时候她心里除了坚持、坚持、再坚持之外，肯定还有另外一个信念，就是宁愿同死也不愿独活。可见爱是多么的伟大。

　　爱是伟大的，但我还想说的就是作者的构思与用词也是厉害的。单看文中那生动的比喻和成语就不得不令人拍案叫绝，如："他幡然感悟到生命的分量此时此刻显得无比沉重，死神正鹰鸷样拍打着玄色的翅膀，向他长喉而来，俯冲，袭击，一不小心，生命就会被包埋在蚕茧里终止了。"如此好之比喻的确是我们学习的楷模！

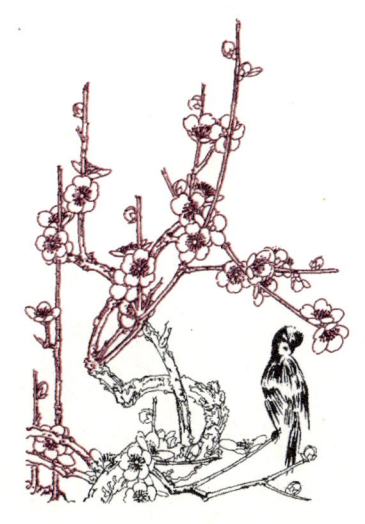

不要失去信心，只要坚持不懈，就终会有成果的。

——钱学森

195

李鱼的困境

——赏析吴万夫短篇小说《画驴》

蒋珠莉

多年来，万夫先生靠微型小说立足文坛，对人情世态的描写已达到了相当的高度。他叙述客观，用语平实，饱含忧患，爱憎分明，极具震撼力和现实感。

《画驴》是吴万夫先生远离家乡辗转职场时的一篇经典之作。万夫先生就像出色的素描家，运用超常的客观写实主义手法，为我们塑造了一名血肉丰满的小职员形象。

故事讲的是新来的小职员李鱼，在上司手下干活，一旦犯错不是被臭骂就是被罚款，面对神经质似的上司，李鱼为了保全饭碗只好忍气吞声，后来终于忍不住与顶头上司吵了一架。初次踏入职场的李鱼青涩懵懂，与上司几次三番交涉之后，痛苦不堪，在好友大囊的劝说下，李鱼才幡然醒悟。聪明的李鱼为了避免与上司的直接对峙，就用钢笔把上司画成一幅仰天大叫的驴子，压在办公桌的玻璃板下。以至上司每次训他，他都能身临其境地把上司联想成那头引颈长鸣的蠢驴！

我个人觉得，作家让李鱼"画驴子"，不仅想告诉我们在日常生活中面对此类情况完全可以运用情绪转移法，更含有对职场规则感到深度失望的曲折宣泄。

李鱼经过"洗脑"之后，由"新手"变为"老手"。

然而，他圆滑了世故了，知道如何退让和妥协了。

李鱼只是芸芸职场中众多职员中的一个，由棱角分明的愣头青成长为唯唯诺诺的小职员。作家抛砖引玉，以李鱼为例，见微知著，含蓄地表达了对社会上李鱼们生存状态的深深忧虑。

小说结尾，李鱼当年的那一幕再次上演。老李鱼退休，新李鱼们前赴后继。这又让我想起崔曼丽的《求职游戏》和徐静蕾导演的《杜拉拉升职记》。它们虽用了不同方式，却表达了同一个主题。

作家用如新闻记者般独特的视角，直击职场"病灶"。据我所知，《画驴》大约写自2000年左右，十几年前作家就敏锐地捕捉到了大学生就业这一"新大陆"，而如今大学生就业仍然是久盛不衰的热门话题，可见作家在选材上颇具常人难以企及的前瞻性。

多年来，万夫先生靠微型小说立足文坛，对人情世态的描写已达到了相当的高度。他叙述客观，用语平实，饱含忧患，爱憎分明，极具震撼力和现实感。作为那个特定年代的文学范本，《画驴》的文本叙述即使有些微的不足，但也是白璧微瑕，瑕不掩瑜的。《画驴》无疑相当成功。李鱼与上司的每一次交锋，都是作家真实生活体验的二度呈现，无不体现了现世生存的艰辛。从字里行间，我读到了一种时过境迁、世事无常的沧桑感。

身在职场，如履薄冰。任何标新立异的生活方式和行头都会遭受世人的责难和诋毁。我非常同情李鱼，李鱼的职场生活充满了压抑与恐慌。如果说初来乍到的李鱼的无知来源于他青春期的骚动的话，那么他后来的顺从则是按部就班的虚荣心作祟。

《画驴》具有现实意义，大有契诃夫《小公务员之死》的影子。

《画驴》何曾是戏说职场，分明是直指现实！

也许作家的真正目的就是让当代人清醒地认识到职场对人心灵的扭曲与戕害。李鱼的困境，是全社会的困境。

毋庸置疑，这篇小说闪烁着不易觉察的批判主义锋芒。这一点在现当代众多小说中实属难能可贵。

做好事是人生中唯一确实快乐的行动。

——西德尼

再读吴万夫

——以《每个人都是自己的"神"》为例

邹相

众所周知，一位有正义感、有影响力的作家，往往也是一位有孝心、有爱心、有责任心的儿子、丈夫、父亲。万夫兄正是这样一位热爱家庭、挚爱亲人的热血男儿。

掐指算来，我与吴万夫先生交往，已近8年。这8年间，几乎每个月，我们都会相聚一次。虽然万夫兄年长我10余岁，却一直对我照顾有加，俨然一位血脉相连的大哥哥。因为是同乡，又曾是同事，尽管我们现在相距很远，心却在一起。此前，我曾看过万夫兄出的几本小小说专著，并写了一篇题为《依然行走在朝圣的路上》的文章，较为全面地阐释了万夫兄在文学路上的印痕和成绩。然而，我清楚地感觉到，作为晚辈，我无法对万夫兄年轻时的状态有很好的了解；作为后学，我很难写出万夫兄深层次的思想内蕴。

然而，就在不久前，当万夫兄将他的新著《每个人都是自己的"神"》（2012年5月由中国财政经济出版社出版发行）赠送于我时，当我如饥似渴地将这本书全部读完时，忽然觉得万夫兄模糊起来，慢慢地在我脑海消失。然后，他又慢慢地清晰起来，只不过，他已不再是我以前认识的吴万夫。他，已不仅仅是我有幸得到的良师益友，更成为我顶礼膜拜的

对象。我对他，更加敬重，更加推崇。就以《每个人都是自己的"神"》说开吧——

一、年轻时苦难的人生经历，造就了作者"妙手著文章"的豪情壮志

和同龄人相比，万夫兄的脸上多了些许沧桑，眉宇间多了些深邃，那是风霜雪雨和苦难生活留下的影子。出生于信阳南部城市——光山县孙铁铺镇的吴万夫，和我的故乡——光山县马畈镇为邻乡，为偏远山区，交通不便、经济贫困。万夫兄兄弟姐妹八人，排行老五。在幼年时，他的母亲便不慎弄伤眼睛，导致双目失明；他的父亲，身体素质很差，且脾气暴躁。这些往往在影视、文学作品中才能见到的东西，却真实地在万夫兄身上发生。在《每个人都是自己的"神"》一书的第一部分"向着梦的地方去"中，有十余篇作品都与作者年轻时的苦难经历有关。在《泪光中的微笑》一文中，作者通过对苦难家庭30年前后变化过程的讲述，特别是对父亲浓墨重彩的描写，向读者呈现了农村曾经的苦难生活，如"因为家庭贫穷，我们十天半月都吃不到一顿干饭""或许是因为生活重担繁重的缘故，父亲仿佛成了一位高明的魔术师，在他的胸膛里总有发不完的火""每到节日，都成了我们的'怄气日'"等。都说"人穷志短""人穷火大"，贫穷让作者的父亲脾气暴躁，脾气也让原本让人期盼的节日，变成了为生计发愁的"怄气日"。

在《人在屋檐下》一文中，作者用饱蘸的笔墨陈述了在老家镇里开诊所的苦难经历。因为是农村来的，没钱没权，镇里人都小看农村人一眼。在镇里行医的那些年里，作者过着寄人篱下的生活，受尽了旁人的轻侮与白眼，正如他所写："但无论我怎样努力，小镇人们眼睛的余光里，对我总流露着'排斥'。这可能就是所谓的世俗：人捧有钱汉，狗咬破衣人。""我尝够了寄人篱下的滋味。人在屋檐下，不得不低头。我每每忍气吞声，委曲求全。"正是因为种种苦难的生活经历，才使得作者坚定了"用笔写心""用笔寄情"的信念，并以"妙手著文章"为奋斗目标，通过他的作品，重现历史、映照现实、讴歌未来。正如他在《向着梦的地方去》一文中所写："我笔尖下流淌的是一条小河，一条载着我欢乐和痛苦的河。在这条小河里，我让人类的喜怒哀乐，一路踩着浪花而去……"尽管饱受无限磨难，正义与幸福之花却在心间绽放，并将花香传递给所有读者，这，正是作者的不俗之处；这，就是吴万夫。

二、作者钢筋铁骨的性格，凝练出其犀利的文风

从小到大，我看的书不在少数。况且我又特别喜欢阅读，故而对各类作品都有涉及。看一些人的作品，你会一直笑下去，看一些人的作品，你会一直哭下去。然而，看吴万夫的作品，你会一边笑，一边哭，有时先笑后哭，有时先哭后笑，有时哭哭笑笑，有时哭笑不得。现实中，万夫兄不仅仅是一位疾恶如仇、刚正不阿的热血汉子，更是一位胸怀宽广、颇富幽默感的兄长和好友，冷不防会说一些让你意想不到的话。等你仔细品味一番，发觉他是话中有话，寓意深刻。万夫兄的作品，一直以文风犀利、言之有物而著称于文坛。

在《我的人生不是戏》一文中，作者写到因为自己的一篇文章被拍成电视剧后，电视台的记者专门来给他拍摄专题纪录片。然而，在面对镜头时，作者却忐忑不安，茫然不知所措。通过这件事，作者悟出了自己不是拍戏的料子，更适合在现实生活中展示自己真实的一面，他写道："我不能做一匹引颈长鸣的骏马，驰骋在万里疆场，就让我做一头被人遗忘在岁月深处的耕牛吧！我要以手中的笔作犁，为人类翻下每一处有益的垄。"禅宗讲究"直下承担，明心见性"，即不喜欢拐弯抹角、东扯西拉，而万夫兄的文风，正如禅宗所讲，"如露如电"，直指人心。又如，"我的脑子里久久交织着那个满脸横肉的家伙，那个为了微薄的薪水而丧失了做人原则的姑娘……"（《记住一段屈辱》），"多年过去，我依然痛苦异常。我知道，我丢失的是纸条，捡回的是忧伤。今生今世，怕是永远再也找不回忧伤的失

主了……"（《无法找回的忧伤》），"当今时代，贴着大地行走是对浮躁的一种积极回应，也是写作者的一种姿态"（《贴着大地行走》），等等。

三、嬉笑怒骂的写作手法，让作者的形象深入人心

在《燃烧的童年》一文中，作者写道："四哥本来又黑又小，这下在锅灶里更是被染成了一只花鼻子猫，那模样委实滑稽，让人忍俊不禁。""因为吸烟，童年的那场大火，一直燃烧至今，把我从幼稚煅烧成熟。"在《寻梦的日子》一文中，作者这样写道："俗话说，秃子不喜欢说头秃，麻子不喜欢说脸麻，而小文偏偏是哪壶水不开提哪壶。"又如，"我时常暗自叹息，扪心抚慰，忍气吞声，告诫自己'温良恭俭让'。我记得有一句诗是'手把痛苦往肉里抠'，我希望自己也时常保持这种精神。"（《人在屋檐下》）"那时的我，便对学堂情有独钟和殷切向往。于是学堂便成了朝觐的圣殿，我心灵的小鸟，时时都想欢呼雀跃在通往麦加圣地的路上。"（《曾经有过的风景》）"于是我们每次挨了打，哪怕吃不进饭，也得木然地端着碗，任大颗大颗泪珠子，啪嗒啪嗒砸落稀饭里，溅起朵朵水花。"（《活着为什么》）看着这些句子，你总能在作者的嬉笑怒骂间，感受到心灵的震撼，乃至找寻到生命的智慧。

四、对亲情的呵护与重视，凸显了作者的侠骨柔情

众所周知，一位有正义感、有影响力的作家，往往也是一位有爱心、有孝心、有责任心的儿子、丈夫、父亲。万夫兄正是这样一位热爱家庭、挚爱亲人的热血男儿。在《每个人都是自己的"神"》一书中，选用了很多作者的亲情类散文，如《我欠母亲一顿揍》《再看父亲一眼》《我们贫穷，但我们有诗》《难忘七夕》《堂堂女儿》《难忘女儿心》等。

"我痛恨自己因为人生的一次不如意，竟然连春节都没回来待在老人家身边，让他至死都没看到自己的儿子一眼。我认为这是做儿子的最大不孝，是我一生都不能原谅的"，当得知父亲去世的噩耗时，作者痛不欲生，为自己未能让父亲见到最后一面而悔恨不已，发出"这一生，我都会生活

在一种忏悔中"的哀号。虽然记忆中的父亲蛮横不讲理，动辄对自己拳脚相向，但作者早已理解那不过是父亲为生活所逼的一种特定精神状态而已。骨肉相连的亲情，让作者对父亲感激涕零。

在《堂堂女儿》一文中，作者以书信体的形式，向女儿表达了自己成为父亲的欣喜与激动。文章感情饱满，情感丰富，读来让人感动不已。特别是结尾处，作者动情地写道："堂堂，女儿，我永远不会厚男薄女。男子堂堂。堂堂女儿。堂堂做一个有用的人。"作者不仅重视亲情、珍惜亲情，还讴歌亲情、赞美亲情，如他在《太阳出世》一文中写道："我忽然觉得人间的亲情就是一轮太阳，当太阳出世时，我们沐浴在春光里，生活无比美好。"

五、对万夫兄作品的一些思考

从《挑着的家》《金土》，到《生命的支撑》《捡回的忧伤》，再到《每个人都是自己的"神"》，万夫兄先后出版专著9部，每部专著在文学界都有一定的分量。有幸的是，我得以拜读万夫兄的所有作品，并有机会亲近他，与其交流，聆听他的哲言慧语。"万法唯心造"，对万夫兄的作品，我都是用心去读，用心去思，细品起来，真是获益无穷。

关于万夫兄的作品，我有三点想法：一是万夫兄是带着热情与责任心来创作每一篇、每一部作品的。托尔斯泰说："一个人若是没有热情，他将一事无成，而热情的基点正是责任心。有无责任心，将决定生活、家庭、工作、学习成功和失败。这在人与人的所有关系中也无所不及。"万夫兄的作品，没有任何空洞的说教，也没有刻意的装扮，很纯粹、很朴实，却能让人振聋发聩；二是万夫兄是站在时代的高度和历史的广度上，倾心编织每一字、每一句；三是万夫兄铁骨铮铮、正义凛然的精神，在其作品中得以淋漓尽致地体现。唐代大文豪白居易提出："文章合为时而著，歌诗合为事而作。"在某种程度上，万夫兄的作品早已超出了时和事，经得起后人的推敲，经得起历史的检验。下一个千年，你再去品读万夫兄的作品，一样能荡涤心灵、引发共鸣。

在与万夫兄小聚时，他总是显得很随和，不时给我夹菜、倒水，这些

情景，总在我脑海里游走，让我心生恭敬。苦难的日子已经离万夫兄越来越远，当下的幸福已与他形影不离。或许，你还在贫穷的边缘；或许，你还在苦难的深渊；或许，你还在为梦想的实现而奔波流离……那么，请与我一起，朗诵吴万夫先生在《寻梦的日子》文末所写的一段话——

"我知道寻梦的路程还很长，有风，有雨，有雾，有霜，但更多的却是灿烂的阳光……"

成大事不在于力量的大小，而在于能坚持多久。

——约翰生

无与伦比的母爱
——读吴万夫小小说《坠落过程》有感

李婧娅

母爱的力量有多大，我们无法估量，但我们却能看到母爱的速度，它超越生命的权限，不是为了夺得世界冠军，仅仅是为了"亲骨肉"。

　　一位母亲从菜市场买完菜，走到距离自家那边的马路，突然看见三岁的儿子爬到没有栏杆的阳台上。她看见儿子的同时，儿子也发现了她。她下意识地摆摆手，示意儿子爬下阳台。可儿子却误解了她的意思，做了一个拥抱的姿势向她扑来。在这燃眉之急的时刻，母亲奋不顾身，越过所有障碍，争分夺秒地向儿子坠落的地方冲去。旁观者，都知道场面惨不忍睹，低下了头。出乎意料的是，母亲居然奇迹般接住了儿子。后来，市电视台三番四次，苦口婆心求这位母亲拍摄一部片子。他们做了模型，不管那位母亲怎么冲，都达不到预期效果。

　　母爱从古至今一直都被人们以各种形式赞美。不管是诗歌、名言、谚语、歌曲，每一个字都把母亲对我们的爱表现得淋漓尽致。像印度普列姆昌德的一句名言："世界上其他一切都是假的、空的，唯有母爱才是真的、永恒的、不灭的。"的确，母亲的爱是永远不会枯竭的，无论走到天涯海角，母爱总是伴随你左右。而且母亲对你的爱甚至能让她牺牲一切。就像故事中的母亲，眼看儿子危在旦夕，她奋不顾身，忽视了生命危险，爆发出超越本能的力量，奇迹般地接住了儿子，这就是无与伦比的母爱的力

量。就算后来用模型再重演一次当时的紧急情况，那位母亲面对的不是自己的亲生骨肉，那种爱的潜能是发挥不出来的。母爱的力量有多大，我们无法估量，但我们却能看到母爱的速度，它超越生命的权限，不是为了夺得世界冠军，仅仅是为了"亲骨肉"。

纳索夫有句名言是这样说的："母爱不仅仅是指母亲对孩子的爱，也应包含孩子对母亲的爱。"作为中学生的我，从小到现在，有许多同学都跟我一样受到老师的教育：长大要报答父母。但是我依然为我们这些做孩子的感到"报答父母"的意识一点都不强。哪怕是一点点体谅父母的心都没有！孝顺父母、热爱祖国一直是中华民族的传统美德。但是在当今社会，这种美德似乎并没有发扬光大，而是被那些无良知的人践踏了。"衣来伸手，饭来张口"，劳累了一天疲倦不堪的母亲还要回来"伺候"那些"掌上明珠"，难道他们从来就没有想过帮父母做家务吗？

"谁言寸草心，报得三春晖"，就算我们再怎样孝顺母亲，也永远比不上母亲对我们付出的一切！

不经一番彻骨寒，怎得梅花扑鼻香。

——宋帆

人各有志

——评吴万夫小小说《改行》的立意

梁广柏

人是要有点追求的，追求就是给自己拟订出一个可行的奋斗目标，而后靠自己辛勤劳动的双手，不懈地努力进取，力求去富起来，这是难能可贵的。《改行》这篇小小说所具有的强烈的现实意义就在于此。

我花了几分钟时间读完吴万夫的小小说《改行》（载2001年4月23日《阳江日报》），这是一篇写"见异思迁"的小小说。主要情节是：卫校毕业的马飞和"我"回到家乡自谋职业，在小镇开办了几年门诊，后来"我"才知道为了多赚钱的马飞改了行，干起了替人家杀鸭的职业。

故事很简单，只是写了"我"和朋友偶然的一天到弃医杀鸭的马飞的家里，亲眼见到马飞宰鸭动作娴熟，真是令人感叹！作者凭着简短的对话，塑造出一个较为生动的人物形象，揭示了深刻的主题。

从"我"和马飞的对话中，可以看出马飞为了使自己富起来，敢于解放思想，更新观念，从开办门诊到改行杀鸭，都是凭自己劳动的双手去合理竞争，虽然学非所用，但干起杀鸭这一行，是为了更好地施展自己的才能。这个"见异思迁"不是很可爱吗？难道这样干不符合今天形势的要求吗？放弃医生这一高尚职业不干而去干杀鸭的活儿，怎么会"有失大雅，

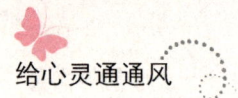

让人感到滑稽可笑"呢？

　　人是要有点追求的，追求就是给自己拟订出一个可行的奋斗目标，而后靠自己辛勤劳动的双手，不懈地努力进取，力求去富起来，这是难能可贵的。《改行》这篇小小说所具有的强烈的现实意义就在于此。

一个人的生活完全是他的思想所形成的。

——爱默生

形象的力量

——浅谈吴万夫小小说《丑人老甫》的人物形象

梁广柏

小小说的选材是广泛的，多样的，无处不在的，由于它的格局细小，这就决定了它所摄取的材料只能是生活的小侧面或小片断，即选取一个简单的冲突，或通过一个具体的事件揭示一个哲理，表现一种感情，反映一种社会生活现象。

小小说的选材，就是围绕主题进行创作的材料。这如同装修一间住房，首先要备好材料。不同的是，小小说创作的备料是细节、人物、情节、故事等原始材料。

就拿《丑人老甫》这篇小小说（见 2003 年 3 月 20 日《阳江日报》）来说吧。这篇小小说选取的材料是一位转业军人老甫被分配到乡邮政所工作的故事。

该小说的开笔，就具体描绘出老甫"面目狰狞，丑陋不堪"，"秃眉，斜眼，歪嘴，吓跑鬼，吓跑大人、小孩"。老甫的面貌缘何这么丑陋呢？人家问及，他总是守口如瓶，不轻易告诉别人。

接着描写了老甫态度呆板硬直，不怕得罪人。结果镇上人、单位人，甚至连县邮局领导人也误解了他，把他作为傻佬看待，塞他的门锁孔眼，调工资没他的份，加奖金他不沾边，子女就业安排轮不到他，老婆想为子女走后门，他坚决刹住。

紧接着写河水暴涨，洪水浸吞小镇，有人发现镇上那棵乌柏树上有个

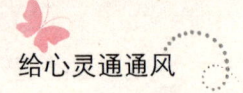

黑点，好像是个人，叫老甫去看看，老甫为了救人就凫水过去，原来是只黑母鸡，可他和鸡没有回来。

结尾写老甫死后入殓时，发现了他的一份荣誉证书，里面记着某年某月某日某部队驻地的一家工厂失火，老甫为保护国家财产安全，奋不顾身冲进火海，致使脸上的表情肌全部被烧瘫痪，因此老甫立了一等功。这时人们才隆重地安葬了他。

读完这篇作品后，读者就会认识到"老甫的脸显得那么丑陋，老呆板着，改变不了那副德性""从未见他露笑"的缘由。老甫外表虽丑，但他的心灵可真美呀！真是丑人不丑。

作者吴万夫同志成功地创作了《丑人老甫》，以1300多字的篇幅，通过选取以上几个动人的材料，经过巧妙的构思，又对题材进行了艺术的提炼和安排，就这样刻画了老甫这个有血有肉、栩栩如生、非常典型的艺术形象，既朴素自然，又文采斑斓、惟妙惟肖。

小小说的选材是广泛的，多样的，无处不在的，由于它的格局细小，这就决定了它所摄取的材料只能是生活的小侧面或小片断，即选取一个简单的冲突，或通过一个具体的事件揭示一个哲理，表现一种感情，反映一种社会生活现象。

总的说来，小小说应该多从现实生活中取材，因而写出的作品现实性较强。现实生活中发生过的事情，作者对其进行一定的剪裁提炼、加工，遇到较完整的生活故事，略加整理就可以了。而对那些没有生活原型的，作者就要从立意的需要出发，对自己的脑海中所储存的生活印象、体验，进行加工改造，使之成为完整的能够表达自己立意的艺术形象或艺术整体。当然，小小说的取材，亦可以取材于历史或历史题材。

生活的理想，就是为了理想的生活。

——张闻天

"家"里的小小说之花

——"世家现象"三人谈

程习武 吴万夫 邹 磊

一个作家创作风格的形成，主要与他（她）的学识素养、个人生活经历等有最直接、最根本的关系。小小说的"世家"现象，只能是亲属间的一种影响或带动，在这种影响或带动下，创作者于蝉蜕的过程中最终形成自己的风格。

邹：这一季度我们的"小小说演习"栏目以"小小说世家现象"为由头，分别在4、5、6期登载了6对亲属的12篇小小说。因为版面关系，还有许多对亲属作者的作品就不能同栏问世了。遗憾之余，感到欣慰的是，从第4期栏目一开，编辑部的稿子就排成队了，很多小小说作者拉上亲人纷纷寄来了作品和照片，情状迫切，令编辑部既高兴又为难。今天邀二位来，想针对小小说"世家现象"进行一个小讨论，二位不妨畅所欲言，谈一下对创作中的世家现象的看法。

吴："小小说演习"栏目自开办以来，已受到广大读者的普遍关注和众多作者的积极参与。"演习"的要旨并不仅仅是一种形式上的翻新，它为小小说的多种可能性和小小说的"世家"现象等提供了一种参照和探索。更为重要的是，它为更多的作家、作者提供了一次"实弹演习"的机会。小小说的"世家"现象是平民艺术深入人心的必然结果。《百花园》为小小说"世家"开设一块园地，既是一种展示又是活跃、点缀《百花

园》的一道景观。这次"演习"共推出6对亲属的12篇小小说作品，就整体质量而言，凌君洋、张可、沈荼三位作者的作品稍嫌稚嫩、单薄了一些，他们毕竟还年轻，他们是小小说的未来，他们是小小说百花园中的一只青苹果，虽然略有苦涩，但从他们身上已看见了一种日渐成熟的希望。

程："小小说世家"是一种有益的现象，是小小说的幸事。"世家"既是小小说繁荣的标志，又是小小说朝向更高层面发展的促进剂。既然是"家"，就有了血缘与亲情，一家人之间的商讨与交流是一般的文友间相类的形式所不能比拟的。"先学"扶掖"后学"，"后学"的进步又反过来刺激"先学"，这种互动对小小说的发展与进步应该说是大有裨益的。

邹：我们看这三期6对亲属12个人的创作不难发现这么一个特点：一个稍老道，一个略显稚嫩。很明显他们在小小说这种文体的创作上，有一个传帮带的关系，或前辈带动后生，或丈夫影响妻子，那么他们在创作风格上是不是也有所谓"近亲繁殖"，你们对这个怎么看？

吴：文学创作纯粹是一种自觉行为。前辈带动后生也好，丈夫影响妻子也罢，这一切都须建立在自愿的基础上，而决不能牵强附会，勉为其难。一个作家可以言传身教一些创作技巧，但决不能言传身教创作风格。一个作家创作风格的形成，主要与他（她）的学识素养、个人生活经历等有最直接、最根本的关系。小小说的"世家"现象，只能是亲属间的一种影响或带动，在这种影响或带动下，创作者于蝉蜕的过程中最终形成自己的风格。古希腊唯物主义哲学家赫拉克利特说过："一个人不可能两次踏进同一条河流。"世间万事万物都是流动变化的，何况创作风格呢？

程：生物的近亲繁殖不是好事，而文学创作上的近亲繁殖则不同；生物上近亲繁殖的结果不可改变，而文学作品可以再造；近亲之间的切磋琢磨可以使珠更圆、玉更润，可以使他们的作品达到更高的层次。耳濡目染，后辈受前辈的熏陶，会自觉不自觉地在语言、构思诸方面使自己的创作带上前辈的烙印，但后辈一旦成熟，应该从前辈的规范中跳出来，形成自己的风格。退一步说，后辈即使再步前辈的后尘，来个"子承父业"，也说不上是很糟糕的事，与真正的近亲繁殖有质的区别。

邹：小小说作为一种纯文学文体，在国内只用了区区 20 年的发展时间，无论在创作的质和量上，还是在创作群的素质进步上，以及在作者作品和小小说刊物结合在一起所形成的综合的文化影响力上，都在中国当代文坛形成了一种强势，占据了一席之地，同时也占有了最广大的文学读者。小小说的作者群上至 80 岁的耄耋老人，下至 18 岁的青年男女，各年龄段都有。"世家"创作的，除夫妻、兄弟姐妹外，辈分垂直的，好像只有父子、父女、叔侄等两代，我想，随着小小说的继续发展，可能出现三代、四代世家现象。

吴："江山代有才人出，各领风骚数百年"。作为新兴的小小说文体，生命力渐渐由弱小到健壮，由幼稚到成熟，其前景是广阔的，希望是大大的。据悉，目前国内发表小小说的报刊近千家，每年发表小小说的篇目数以万计，小小说市场大了，小小说的读者多了，小小说作者也如雨后春笋般涌现出来。如果按市场营销的 1∶8 效应推算，假如有一个人买了小小说刊物，至少就有 8 个人了解小小说这种文体。那么一个作家又会影响带动多少周围的人呢？随着小小说文体不断发展、成熟和受到重视，小小说作家队伍出现"三世同堂""四世同堂"的世家现象，并非空穴来风。当然，任何事物都不是孤立的、绝对的，从生物学角度来讲，也有"遗传"与"变异"之说。这是另一个范畴，不在我们今天的讨论之列。令人欣喜的是，我们透析小小说的"世家"现象，已真真切切地看到一个明媚的季节正向我们走来。

程：小小说作家二世同堂已不鲜见，随着时间的推移，小小说作家三世甚至四世同堂的现象也可能会出现。从背景条件说，小小说的园地越来越多，读者越来越多，小小说这种文体的影响力会越来越大，最近在北京召开的当代小小说庆典宣告小小说的长大成人更昭示了这种文体的成熟，尤其是主流文学的参与和关注会使这种文体有可能在不远的将来参与全国

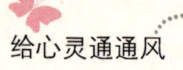
大奖的角逐。从小小说文体自身来说，这种文体是有别于它以外的任何小说的一种体裁，小小说的创作存在一定的技术性，可操作性强，两三年的时间不一定能打造出一个短篇小说高手，但同样的时间完全有可能打造出一个小小说高手。有了好的背景，小小说作家们会充分利用小小说这种文体的优势兴风作浪，那么，小小说作家三世、四世同堂之家的出现应该不会让我们等待太久。

家庭和睦是人生最快乐的事。

——歌德

吴万夫：小小说路上的朝圣者

孙 禾

万夫是个有责任的小小说作家。他在关注自己命运的同时，也关注着别人的命运。

前些年，万夫告诉我他的小小说要结集出版的时候，我一点也没有感到太多的意外，反而觉得这是顺理成章的事，毕竟他侍弄小小说有些年头了。奇怪的是，现在再和万夫聊些往事，小小说竟成了我们唯一共同的话题。

因为是同乡，我还在读高中的时候，就听说在那个叫孙铁铺的小镇上，有个叫吴万夫的医生，是我们县城不可多得的多产作家，有的作品还被拍成了电视短剧。后来和万夫熟识了，知道万夫是一个专写小小说的作家，还知道他有一个贤惠善良的妻子和两个聪明可爱的孩子。当然，这些我知道与不知道，与万夫的创作是没有多大关系的。

正如对任何人我不敢妄称知己一样，对万夫我也不敢口出此言。无论从审美角度，还是从人文角度，即使我读完他的全部文稿，或者说我每天坐在他的诊所里，监视着他的一举一动，再或者在子夜时分，蹑手蹑脚地来到他的窗前，侧耳窃听他的梦中私语，我也不敢说对万夫已经拥有发言权了。

万夫出生于农村，兄妹七八个，母亲10余岁就双目失明，父亲长年累月患病，用万夫自己的话说，"我的童年是在忧郁和泪水中度过，是苦难的家，是苦难的生活，使我过早的成熟……"然而就是这样的环境，让

万夫的小小说无论从取材还是立意，都形成了他朴素、真实的艺术风格，并且已经进入一种相当从容的地步。这在他的《猎凤》《做人》《在后方》等篇什中可窥一斑。

万夫的创作和生活环境我是熟知的。两间低矮的小屋，一间用于开门诊，另外一间放着一张很大的木床，还有一张桌子两张椅子，桌子上面整齐地堆满了书，椅子只能先放在桌子下，才能让出过道。可以想象，这"微妙"的境况住着一个四口之家，是怎样沉闷与拥挤，纵然小小说给他带来了荣耀，然而想想这艰涩，作家本人需要有多大的勇气和信心。

万夫是个有责任感的小小说作家。他在关注自己命运的同时，也关注着别人的命运。他说"我用什么诠释生命？我又给这个社会留下多少可供思索回味的东西？……"他说"看着城乡的明显差别，有时我想，啥时也能为这些苦难的父老乡亲著书立说，那该是一件多么有意义的事情呵！"事实证明，他也做到了，《朝圣路上》便是明证。

因为小小说的缘故，我认识了万夫；也是因为小小说，我和万夫成了朋友。小小说赢得了我们共同的信任。小小说的前景究竟如何？不知道。不过据说，一件事物的魅力，正在于它的未知部分。

朝圣路上，愿与万夫同行。

拼命去争取成功，但不要期望一定成功。

——迈克尔·法拉第